El regreso de Chris

Paul May

El regreso de Chris

FONTANA
JOVEN

roca

México, D.F. 1991

1

EN AQUELLA CIUDAD, DURANTE el verano, amanecía de pronto. La claridad estallaba en medio de la noche reciente, como si alguien hubiera pulsado una llave de la luz celestial. El sol corría a ponerse en su lugar y el día había comenzado, sin más.

«No es el sitio ideal para quien disfrute con una lenta y poética alborada», pensó Chris Parker, bostezando junto a la ventana, mientras se ponía una camiseta de algodón sobre el torso desnudo. Pese al color azul oscuro de la prenda, sus formas se destacaban debajo de la tela con leve transparencia. Era una muchacha esbelta y bien parecida, con una larga melena de color castaño que le llegaba hasta los hombros. Aunque acababa de cumplir dieciséis años, su rostro mostraba una madurez agreste que marcaba con sombras y tensiones los rasgos todavía casi infantiles.

«Necesito un café», se dijo, humedeciéndose con la lengua el reseco paladar.

Afuera, en la manzana de enfrente, una inmensa máquina excavadora-rompedora de color rojo embestía contra los restos de un viejo edificio. Por si no bastaba con la luz cruel que entraba a raudales por el ventanuco sin cortinas, estaba aquel ruido infernal. ¿Cómo podía Wanda seguir durmiendo tan plácidamente?

Encendió un cigarrillo, que le supo agrio en la primera bocanada, y se volvió hacia la desvencijada cama matrimonial que hasta un momento antes ambas habían compartido. La otra muchacha, Wanda, dormía profundamente, ocupando la mayor parte del colchón. Era rubia y menuda, y parecía algo menor que Chris. Se habían conocido dos semanas atrás, quinientas millas al oeste, haciendo autostop. Desde entonces compartían sus vidas, si es que a aquello se le podía llamar «vida». Viajando sin rumbo por aquel país interminable, soportando las insinuaciones y manoseos de los automovilistas, comiendo mal y durmiendo en pensiones inmundas como aquélla, sórdidos nidos de borrachos y prostitutas en decadencia. Pese a todo, Chris había impuesto a Wanda una férrea consigna: nada de sexo y nada de robos, mientras estuvieran juntas. Sabía por experiencia que esos caminos eran los más seguros para terminar en brazos de la policía. Y ella era, todavía, una reclusa escapada del reformatorio. Wanda, por su parte, había huido de casa de sus padres. O al menos eso era lo que decía y parecía. A la pequeña no le hizo mucha gracia la norma impuesta por Chris, pues tanto el sexo como el robo contaban entre sus preferencias. Pero era un ser inseguro y desvalido y se había pegado a la chica mayor desde el primer momento, como una sanguijuela. De modo que aceptó privarse momentáneamente de sus placeres a cambio de un poco de compañía y protección.

Wanda sólo había planteado una objeción:

—De acuerdo, Chris, me comportaré como una monja. Pero, ¿de qué vamos a vivir?

Chris había respondido sin vacilar, mientras ambas se sacudían la ropa en la parte trasera de un camión, entre cajas de naranjas:

—Nos detendremos algún tiempo en la ciudad más próxima. Es verano, chiquita. Nos haremos pasar por estudiantes que buscan trabajo de vacaciones en las casas de los barrios ricos. Pagan bien y no te piden documentos ni esas cosas. Una amiga mía, a la que llamaban Moco, solía ganar buena pasta con ese truco. ¿Qué te parece la idea?

—Apesta —gruñó Wanda—, pero haremos lo que tú digas.

Y allí estaban. La idea de Chris había demostrado no ser tan mala, aunque tampoco era para hacerse millonarias. En las casas de la gente acomodada, incluso aquellas que tienen un ejército de jardineros y sirvientes, siempre hay alguna tarea que nadie tiene tiempo o ganas de hacer, y que un par de chicas pueden resolver sin mucho gasto ni compromiso en unas horas: cortar el césped del jardín trasero, poner en orden el desván, lavar los tres o cuatro automóviles de la familia, y ese tipo de faenas. Mal que bien, Chris y Wanda habían conseguido reunir cada día el dinero suficiente para comer, fumar y pagar el modesto cuartucho que compartían.

—Hoy iremos a recorrer Purple Hills; parece una zona muy próspera —anunció Chris estudiando el plano de la ciudad, sentada en la cama, mientras Wanda enjuagaba sus dientes en el pequeño lavabo que había en un rincón.

—Antes iremos a desayunar, ¿verdad, Chris? Estoy... —Wanda se interrumpió para hacer unas sonoras gárgaras— desfallecida.

—De acuerdo, creo que podremos permitirnos un café y unos bollos. Pasaremos también por la oficina de correos.

—¡Muy bien! —saltó la pequeña, acercándose al armario—. Yo colaboraré con las naranjas.

Wanda comenzó a revolver en su raído saco marinero, mientras Chris la contemplaba con los brazos en jarras. Finalmente, extrajo cuatro relucientes naranjas y comenzó a jugar con ellas como un malabarista.

—¡Eres imposible, Wanda! —estalló Chris, enfadada—. ¿No comprendes lo que arriesgas? Si alguien te hubiese visto robarlas, a estas horas estaríamos a la sombra.

—No seas dramática, nena. ¿A quién le importan unas cuantas naranjas?

—Has roto nuestro pacto.

—Te equivocas —se defendió la pequeña, sonriente—. Las cogí del camión que nos trajo hasta aquí, *antes* de que fijaras las leyes. Y tú debes saberlo, Chris: ninguna ley penal tiene efecto retroactivo.

—¿Quieres decir que has guardado esas naranjas en el fondo de tu saco todo ese tiempo?

—Así es. Para celebrar algo especial.

Chris lanzó un suspiro, meneó la cabeza y tomó la naranja que Wanda le tendía. Había un brillo picaresco en sus ojos pardos.

—¿Y hoy es un día especial?

Wanda comenzó a pelar una de las naranjas con su pequeña navaja.

—¿Por qué no? —respondió, mirando hacia la ventana—. El sol luce espléndido, y presiento que tendremos algo que celebrar. Una buena oferta de trabajo, quizás... O la llegada de la carta que esperas.

Chris dio un respingo.

—¿Cómo sabes que espero una carta?

—Acabas de decir que quieres pasar por la oficina de correos, y no te he visto escribir ninguna. Luego, eres tú quien espera que alguien te escriba. ¿Me dirás quién es el afortunado?

—Te lo diré si me prestas la navaja y terminas de vestirte. Tenemos todo un día por delante.

MEDIA HORA MÁS TARDE, las muchachas se encontraban en la cafetería de una esquina cercana, saboreando la segunda parte de su desayuno. Mientras Wanda se atiborraba de bollos dulces con indeclinable apetito, Chris le contó su breve y cruda historia familiar. Le habló de su padre, irascible, violento y posiblemente loco, muerto un año atrás de un ataque cerebral, y de su madre, alcohólica recluida ahora en un asilo. También de su hermano Tom, al que adoraba, y que se había marchado a México llevándose a su mujer y a su pequeño hijo, mientras ella permanecía en el reformatorio.

—¿Por qué te encerraron? —preguntó Wanda.

—Por escapar de casa.

—¡Mierda! Es lo que yo he hecho, pero cuando me atrapen lo que harán será llevarme de vuelta con papaíto. Nadie va al reformatorio sólo por una escapada.

Chris alzó las cejas en un gesto de duda.

—Depende del dinero que tengan tus padres. Y de sus ganas de tenerte en casa —agregó en voz baja.

Durante un instante, Wanda contempló en silencio el fondo de su taza, apurando con la cucharilla los restos de café.

—Comprendo —dijo después—; lo siento.

—¡Oh, no es tan malo como te imaginas! Aprendes muchas cosas allí adentro.

—Sí... Supongo que sí —suspiró Wanda—. ¿De quién esperas carta? —preguntó de pronto.

—De mi hermano Tom. Le escribí cuando llegamos aquí, pidiéndole que me contestara a lista de correos. Él es el único que puede ayudarme.

—Te quiere mucho, ¿eh?

—Sólo he dicho que es el único que puede ayudarme. No sé si me quiere... —Chris hablaba con voz seca, sin emoción aparente—. Alguna vez me echó una mano, otras veces se comportó muy mal, traicionándome. Eso es lo fascinante de mi hermanito; nunca sabes lo que puedes esperar de él.

—Y tú, ¿le quieres?

Chris cogió su chaqueta y se puso de pie.

—Haces demasiadas preguntas, «ojos de corza».

LA MUJER QUE ATENDÍA el apartado de la lista de correos tenía un ojo postizo, de un azul ligeramente más oscuro que el otro. Cuando Chris y Wanda se aproximaron, se tomó su tiempo antes de atenderlas, mientras clasificaba las cartas en casilleros alfabéticos. Su rostro era tan impasible y hosco, que lo que parecía más vivaz en él eran los destellos que la lámpara arrancaba al ojo de vidrio. Finalmente, se acercó a la ventanilla con desgana, como si hacerlo ofendiera su dignidad.

—¿Qué queréis? —graznó.

—Espero una carta dirigida a lista de correos —explicó Chris.

La mujer la observó por primera vez, ladeando un poco la cabeza.

—¿No tienes dirección? —preguntó.

—Cuando escribí a mi hermano, aún no sabía en qué hotel me alojaría. Mi nombre es Parker, Christine Parker. Y la carta procede de México.

—Hum —dijo la mujer.

Necesitó una eternidad para regresar junto a los casilleros, encontrar el de la letra P y revisar la decena de cartas que guardaba.

—¿Has dicho Parker? —preguntó.

—Sí, señora. Christine Parker.

La mujer apartó un pequeño sobre amarillo y lo aproximó a su ojo sano.

—Sí, ése es el nombre —dijo, como si le pesara—. Pero esto no viene de México.

Chris miró desconcertada a Wanda. Su corazón latía con fuerza.

—¿De dónde viene?

—De Puerto Rico. —La mujer hizo girar el sobre y leyó el reverso—. Su remitente es Thomas Lee Parker...

—¡Es Tom! —exclamó Chris, saltando de alegría—. ¡Tom me ha contestado!

San Juan, 10 de julio de 1980.

Chrissie:

Como ves, ahora vivimos en Puerto Rico. Tu carta tardó en llegar, pues tuvieron que reenviármela desde México. Lamento que hayas tenido problemas y espero que puedas arreglártelas. Por el momento no podré vi-

12

sitarte. Tengo mucho trabajo. Tampoco me parece conveniente que vengas aquí. Acabamos de instalarnos y no podríamos alojarte. Será una alegría recibirte cuando tengamos una casa más grande, dentro de un año o dos. Igualmente pongo nuestra dirección en el sobre, por si quieres escribirnos nuevamente. Janie y los niños te recuerdan con cariño. Besos.

TOM

Chris engarfió los dedos y estrujó la pequeña esquela oprimiéndola en el puño. Wanda, que la había leído por encima del hombro de su amiga, emitió un suspiro desconcertado.

—No parece muy alentador —comentó.

—¡El maldito bastardo! —rugió Chris—. «Espero que te las arregles sola hasta dentro de un año o dos» —remedó con voz aflautada—. ¡Puede que lo consiga, hermanito, y entonces te pasaré la factura!

—¿Lo matarás? —preguntó Wanda, fascinada.

—¿Quieres callarte, imbécil? —gruñó Chris, llorosa—. Se trata de mi único hermano.

—Pues no lo parece.

Chris lanzó a la pequeña una mirada incendiaria. Luego dejó asomar una sonrisa tímida y temblorosa.

—No he pedido tu opinión —dijo, al tiempo que revolvía el pelo de Wanda en un gesto de reconciliación—. ¿Tú tienes hermanos?

—No, a mis padres les bastó conmigo.

—Pues desde hoy, yo tampoco —aseguró Chris con determinación.

—¡Bravo! —aprobó la pequeña—. Será él quien se lo pierda. ¿Qué haremos ahora?

—Ponernos a buscar trabajo —anunció Chris—. Ya hemos perdido la mitad de la mañana.

PURPLE HILLS ERA UNO de esos barrios residenciales con amplios jardines y casas de ladrillos rojos con ventanas

13

pintadas de blanco, cuadriculado por calles que más bien son senderos pavimentados y serpenteantes, con nombres tales como «Calle de la mandrágora» u «Orquídeas Bulevar». Hay gente que paga mucho dinero por vivir en sitios así. Chris y Wanda, en sus primeros intentos ofreciendo trabajo temporario, obtuvieron dos negativas rotundas y una vaga promesa para dentro de unos días. La cuarta casa parecía más lujosa que las otras, y su jardín estaba rodeado por una verja. La blanca pintura de los barrotes no disimulaba su solidez.

—Parece demasiado protegida —dijo Chris—. Será mejor seguir de largo.

—Intentémoslo, Chris —rogó Wanda—. Quizá sea la mansión de un actor de cine, o de un príncipe extranjero.

—Esa clase de personas no vive en ciudades como ésta —repuso Chris—. Pero, ya que insistes, no perderemos nada con preguntar.

El mayordomo, encargado, o quien fuera el hombre delgado y estirado que las recibió, pareció vacilar ante el ofrecimiento de las chicas: sí, quizás hubiera alguna tarea que ellas podrían hacer, pero no era costumbre de la casa contratar estudiantes. Al señor Landley no le agradaba la presencia de extraños. Claro que si se tratara de operarios profesionales, electricistas, por ejemplo, o pintores...

—¿Pintores? —le interrumpió Chris—. ¡Pintar es mi mejor especialidad!

En realidad, no era necesario ser Picasso para cumplir con la tarea que le asignaron: enjalbegar una valla de madera que separaba el fondo del jardín del bosquecillo colindante, el cual comenzaba el suave ascenso de una pequeña colina de tierra rojiza, sin duda origen del nombre del barrio. El hombre se había mostrado inflexible en cuanto a permitir que Wanda también participara de la tarea. Si Chris era la especialista, bastaba con ella. Él ya arriesgaba bastante dejándola trabajar. Al señor Landley, dos personas en su jardín podían resultarle una verdadera invasión.

—Quédate tú y embólsate los diez dólares —había susurrado Wanda al oído de Chris—. Yo ya me las arreglaré.

14

CHRIS COGIÓ DEL COBERTIZO el cubo de pintura blanca y un grueso pincel y se dispuso a realizar su trabajo con el mejor ánimo posible. En realidad, el día era estupendo y no podía decirse que aquella tarea resultara demasiado difícil ni pesada. La chica sabía que su malhumor no se debía a otra cosa que a la maldita carta de su condenado hermano Tom. El presumido bastardo no se había esforzado mucho realmente en disimular su falta de interés. Él se estaba «instalando» y no tenía sitio ni tiempo para ocuparse de ella. De su propia hermana. Le daba igual que la atrapara la policía, que desfalleciera de hambre o que la encontraran muerta al borde de un camino. Exasperada por estas turbias reflexiones, Chris comenzó a maldecir entre dientes, mientras abofeteaba la cerca con el pincel cargado de pintura chorreante, como si se tratara del propio Thomas Lee Parker, su hermano.

—Ya verás, hijo de perra —gruñó—, ¡algún día nos veremos las caras!

Al decir esto, descargó el pincel con tanta fuerza que una miriada de gotas blancas saltaron en el aire y cayeron en reguero detrás de Chris, como una inesperada lluvia. La chica ni siquiera advirtió que algunas se depositaron sobre su cabeza. Continuó su tarea con denodada furia.

—¡Eh, jovencita! —dijo una voz a sus espaldas—. ¿Dónde has aprendido esa técnica para blanquear cercas?

Chris se volvió sorprendida, provocando una nueva lluvia de pintura. La voz pertenecía a un sonriente muchacho de poco más de veinte años, que la contemplaba de pie en medio del senderillo de piedras que conducía a la fachada trasera de la casa. El joven desconocido vestía pantalones de franela gris y un liviano jersey amarillo que concordaba con su pelo pajizo, que le caía en un lacio mechón sobre la frente. No era mal parecido y exhibía una complexión atlética, pero había algo desapacible en sus ojos grises y en el rictus que endurecía su sonrisa.

—Veo que esta vez el viejo Landley ha contratado a una verdadera profesional —se burló el chico.

—No me ha contratado el señor Landley, sino ese hombre de negro con cara de pájaro —bufó la muchacha—. Y lo hago lo mejor que puedo.

—De acuerdo —dijo el joven, con un guiño—, no te enfades. Mi nombre es Ted, y trabajo para Landley. En parte soy su secretario, en parte su chófer, y en parte su guardaespaldas. Hay que ganarse la vida.

—No me lo digas a mí —suspiró Chris—. Tú por lo menos tienes un puesto estable. No te imaginas lo que es salir cada mañana sin saber qué tendrás que hacer para ganarte el pan, si es que te lo ganas.

Ted rió de buena gana, mostrando una brillante hilera de dientes.

—No te lamentes tanto, preciosa —dijo—. Ya querría yo estar en tu lugar y seguir una carrera.

—¿Una carrera...?

—¡Claro! ¿Acaso no eres estudiante?

Chris maldijo internamente su distracción y procuró borrarla dedicando a Ted su primera deslumbrante sonrisa.

—¡No me lo recuerdes! —gorjeó—. Cuando estoy de vacaciones, no quiero ni pensar en ello.

—No creo que pueda ser tan malo —opinó el joven.

—No se trata de que sea malo, pero cada cosa en su momento, ¿no crees?

—Tienes razón. Por ejemplo, ¿qué harás el sábado por la noche? Podría llevarte a algún sitio divertido.

—No suelo salir con desconocidos.

—¡Yo no soy un desconocido! —arguyó el chico—. Me llamo Ted, ya te lo he dicho, Ted Konia. Si me dices también tu nombre, de aquí al sábado ya seremos viejos conocidos.

La muchacha sonrió nuevamente, a pesar suyo.

—Está bien, Ted Konia —dijo—. Me llamo Chris Par... Patterson.

—¿Patterson? Conocí a unos Patterson en Florida...

—No son parientes míos —le cortó la chica—. Y ahora déjame continuar mi trabajo, que no voy a perder aquí todo el día por los diez dólares que me pagará ese pájaro negro.

En ese momento, un hombre obeso, de pelo blanco y rostro rubicundo, apareció por detrás de una de las esquinas de la casa. Vestía un impecable traje de color tabaco y caminaba con cierta aprensión, mirándose los pies, como si no estuviera acostumbrado a pisar sobre el césped.

—¡Ted, maldito muchacho! —chilló con voz aguda—. ¿Dónde te habías metido? Hace horas que te busco.

—Sólo salí a tomar un poco el aire, señor Landley —dijo Ted, de forma respetuosa aunque ligeramente burlona.

Pero el hombre pareció no oírle. Se había quedado inmóvil mirando a Chris, con los ojos desorbitados y fijos en ella. Sólo su gruesa papada temblaba bajo el rostro quieto y tenso. Al advertir la situación, Ted se acercó a su jefe.

—Le presento a mi amiga Chris Patterson, señor. Es estudiante, y Robbins la ha contratado para pintar la cerca. Está quedando muy bien, ¿verdad?

El hombre no respondió ni se movió. Inquieta, Chris tendió una mano hacia él.

—¿Le ocurre algo, señor Landley? —preguntó la chica.

Su voz pareció volver a la vida al dueño de la casa. Meneó la cabeza y extrajo un albo pañuelo del bolsillo.

—No, no... Estoy perfectamente. Sólo que tú me recuerdas... a alguien que conocí alguna vez. —Volvió a sacudir la cabeza, como si quisiera alejar antiguos fantasmas. Luego, más tranquilo, prosiguió—: Lo siento, muchacha, no quise asustarte. La cerca está muy bien; le diré a Robbins que te dé una propina. Vamos, Ted, quiero que me lleves a la ciudad.

Ted se despidió de Chris con un ademán y los dos hombres se alejaron por el senderillo, el mayor apoyándose en el hombro del más joven.

Chris continuó su trabajo, ahora con mayor cuidado. La ira contra su desaprensivo hermano había cedido paso a una incierta desazón a causa de la pequeña escena con el señor Landley. Aquella forma de mirarla, como si ella fuera un espectro, sin moverse ni pronunciar palabra... En fin, se dijo a sí misma, esas cosas suceden a veces. Será mejor olvidarlo y pensar en algo agradable. ¿Podía considerar su encuentro con Ted Konia como «algo agradable»? Era evidente que el joven se había sentido atraído por ella, o eso

17

creía. Al menos, lo bastante atraído como para invitarla a salir el sábado por la noche. Y cualquier chica de su edad podía sentirse orgullosa cuando alguien que pasaba la barrera de los veinte años se interesaba por ella. Y si ese alguien era alto, rubio, agradable... Sin embargo, había algo en Ted que no concordaba. No se trataba de nada misterioso, sino sencillamente ficticio. Aunque lo más probable es que fuera sólo una treta de su espíritu puritano, que siempre encontraba extraños inconvenientes cuando se trataba de salir con chicos. De todas formas, tendría tiempo para pensárselo durante los cuatro días que faltaban para el sábado.

O, por lo menos, eso era lo que ella creía.

2

EL SEÑOR ROBBINS, QUE TAL era el nombre con que respondía el mayordomo, cumplió obedientemente las instrucciones de su amo. Pagó a Chris los diez dólares convenidos y le entregó un dólar más de propina. Hizo como si ignorara las manchas de pintura que salpicaban el césped e incluso propuso a la chica que pasara por allí la semana entrante, por si hubiera otra tarea para ella. Al despedirla, hizo una breve mueca con los labios, que quizá fuera una sonrisa.

Radiante y satisfecha, Chris recorrió lentamente las calles que la llevaban a la parada del autobús, disfrutando del plácido paisaje que ofrecían los jardines y las casas con techo de pizarra sobre el fondo de las colinas de tierra roja y bosquecillos de pinos. El sol le acariciaba la cara y le entibiaba el cuerpo. Once dólares en el bolsillo y una posible cita con un joven apuesto eran más de lo que ella se hubiera atrevido a soñar aquella mañana. Decidió que invitaría a Wanda a una buena comida en un sitio apropiado. Y que si resolvía aceptar la invitación de Ted, le pediría que llevara un amigo para la pequeña. Significaría quebrantar sus propias normas, pero ésa era una de las cosas buenas que tienen las normas.

Para llegar al vestíbulo de la pensión, que estaba en el primer piso, era necesario subir por una estrecha escalera de madera que nacía en una puertecilla sin cartel alguno, a un lado de la tienda de sombreros y corbatas que ocupaba la planta baja. Chris jamás veía entrar un cliente en aquella tienda, atendida por dos viejecitos calvos y relamidos, que solían saludarla y hacerle guiños a través del polvoriento escaparate.

Había subido ya la mitad de la escalera, cuando oyó que la chistaban desde la calle. Abajo, junto a la puerta, uno de los viejecitos le hacía señas imperiosas para que bajara. Parecía muy inquieto, y miraba continuamente a un lado y a otro.

—Han atrapado a tu amiga, la pequeña de grandes ojos —susurró cuando Chris estuvo a su lado, tomándola del brazo.

—¿Atrapado? —repitió la chica sin comprender—. ¿Quién la ha atrapado?

—La bofia —contestó el hombre por un lado de su boca—; cuatro polizontes vinieron a buscarla. Parece que los padres de la chica pusieron un anuncio en el periódico ofreciendo una recompensa a quien informara de su paradero. La que dio el chivatazo fue Clarence, esa vieja bruja de vuestra pensión.

El viejecito se expresaba como si en su juventud hubiera sido miembro de la banda de Al Capone. O quizá veía demasiadas películas de televisión. Lo cierto es que se mostraba muy agitado e, indudablemente, no estaba del lado de la ley en aquel asunto.

—¿Cómo lo sabe usted? —preguntó Chris.

El viejecito le dedicó uno de sus guiños.

—A través del escaparate los vi llegar. Hubo un pequeño alboroto en el barrio y Cecil y yo salimos un instante a la acera. Cecil es mi socio —explicó—. Cuando sacaron a tu amiguita, a duras penas podían arrastrarla entre dos polizontes. La vieja Clarence bajó y se puso al lado del teniente y la pequeña comenzó a insultarla desde el coche patrulla. No es necesario ser un Sherlock Holmes para deducir que ella fue la chivata, y que se embolsará la recompensa.

—¿Vio usted ese anuncio de los padres?

El hombre hizo un gesto de negación, sacudiendo su mondo cráneo.

—Nunca compro el periódico. Pero oí que los curiosos lo mencionaban. Luego Cecil me dijo que recordaba haber visto un anuncio de esa clase, aunque no reconoció a tu amiga en la foto que ponían. —El viejecito emitió un suspiro de pesar—. Lamentablemente, Clarence sí la reconoció.

—¡Ahora mismo me va a oír esa arpía! —estalló Chris, temblando de rencor y de impotencia.

El tendero, con gesto preocupado, le hizo señas de que guardara silencio. Después, mirando nuevamente a un lado y a otro, condujo a la chica hasta el pequeño portal de su negocio.

—No debes subir allí ahora —advirtió—. Yo que tú, me largaría ahora mismo. Ellos te buscan.

—¿Ellos?

—Los polizontes —bisbiseó el hombre—. Revisaron vuestro cuarto, y algo habrán encontrado que no les agradó.

Chris pudo adivinar de qué se trataba. La carta de Tom, con el sobre dirigido a su verdadero nombre. No es que ella fuera un delincuente famoso, pero aquellos policías que se dedicaban a buscar fugitivos podían tenerla en su lista. Pertenecían, sin duda, al Departamento de Menores.

—Bien —suspiró—, parece que estoy metida en un lío.

—Eso creo yo también —asintió el viejecito—. ¿Puedo ayudarte en algo?

—Bastante me ha ayudado usted —dijo Chris, poniéndole una mano en el hombro—. No sé cómo agradecérselo.

—Olvídalo. Alguna vez yo también tuve problemas con esa gente. No me caen simpáticos, ¿sabes?

Chris se alzó sobre los talones para darle un beso en la calva, y luego echó a correr.

AL DAR LAS CINCO DE LA TARDE en el antiguo reloj de pie que presidía un rincón del comedor, Robbins dio un último toque con la franela en la reluciente cafetera de plata que acababa de lustrar. Había sido su última tarea del día. Era un hombre muy eficaz y dedicado por entero a su trabajo —«de los que ya no quedan», solía decirse a sí mismo con satisfacción—, pero no le gustaba excederse en el horario, si no era absolutamente imprescindible. Un criado que no respeta sus horarios de trabajo, crea malos hábitos en los patronos, acostumbraba afirmar. De modo que controló su reloj de bolsillo, volvió a colocar la pieza de plata sobre la artística bandeja del mismo metal que ocupaba el centro del bargueño, quitó alguna invisible mota de polvo de su chaleco y se asomó a la biblioteca.

En la inmensa habitación casi en penumbras, solo, Ted Konia entretenía su ocio jugando consigo mismo una partida de billar. Inclinado sobre la mesa de juego, calculaba meticulosamente el sitio en que debía golpear la bola para que siguiera la trayectoria deseada. Robbins, con el delicado tacto a que lo había acostumbrado su oficio, esperó pacientemente a que el joven lanzara su tiro, que por cierto fue perfecto.

—Espero no molestarlo, señor Konia —dijo, luego de carraspear para advertir su presencia.

—En absoluto, señor Robbins —respondió Ted, imitando ligeramente el engolado tono del mayordomo—. Nuestro amo ha subido a descansar un rato y no tengo nada que hacer. ¿Se atreve a echar una partidita? Podemos apostar medio dólar, para darle interés.

Robbins parpadeó. Aquel joven siempre le desconcertaba.

—Quizás en otro momento, señor Konia —respondió—. Han dado ya las cinco.

—Lo sé. Es imposible no enterarse, con las ruidosas campanadas de ese cachivache.

El mayordomo prefirió no hacer comentarios e ir al grano:

—El caso es, señor Konia, que mi trabajo termina a las

cinco, y hoy llevo cierta prisa. ¿Le importaría ocuparse de controlar las puertas y ventanas en mi lugar? Tengo una cita y no quisiera llegar tarde.

Ted lo miró con repentino interés.

—¡Vaya, Robbins, una cita! —exclamó divertido—. ¿Puede saberse con quién?

—Con mi sastre, señor —respondió el mayordomo con seca dignidad.

Media hora más tarde, Ted Konia se decidió a cumplir el encargo de Robbins. Le haría bien dar una vuelta a la casa para estirar las piernas. Controló primero los pesados cerrojos de las dos puertas traseras, y las barras de las ventanas que daban a ese lado. Luego, las otras ventanas de la planta baja, una por una. Era extraño, pensó para sí, que siendo Landley un importante joyero, no se decidiera a utilizar un sistema de seguridad más sofisticado. A menudo debía guardar piezas valiosas en la caja fuerte de su despacho, por razones que Ted estaba empezando a... descubrir. Y no había instalado siquiera un timbre de alarma. «Manías de vieja», se dijo el joven, mientras se dirigía a cerrar la puerta principal.

Entonces vio una silueta conocida, que se paseaba por la acera, frente a la verja de hierro del jardín. Pese a la creciente oscuridad, pudo distinguirla claramente. Era la muchachita esbelta y desenfadada que había pintado la cerca trasera por la mañana. ¿Qué diablos hacía allí a esas horas, rondando la casa? El cerebro de Ted comenzó a trabajar afanosamente. Entrenado para la sospecha, pronto halló una explicación: aquel angelito actuaba en realidad como cómplice de alguna pandilla de ladrones de joyas. Había conseguido colarse en la casa con la excusa de ser una estudiante en busca de trabajos veraniegos, y así hacer una inspección del terreno. Ahora, ella y su banda se disponían a dar el golpe...

—¡*Nunca he oído nada tan ridículo!* —estalló Chris, cinco minutos después, sentada en uno de los sillones de la biblioteca, con las manos atadas a la espalda—. Ni sabía que el señor Landley fuera joyero. ¡Debes creerme, Ted!

—Nada me haría más feliz —dijo él, con sorna y sin dejar de apuntarle con una diminuta pistola—. Pero aún no me has explicado por qué rondabas en torno a la casa.

La chica apretó los labios, en un gesto de desaliento.

—Quería hablar contigo —bufó.

—Te bastaba con llamar a la puerta. Hay un timbre junto a la reja.

—Lo sé, pero no me decidía a hacerlo. No sabía si estarías aquí, o me atendería Robbins, o el señor Landley... Estoy en apuros, Ted.

—Ya lo creo. Y estarás peor si no hablas claro.

—Lo haré si me sueltas las manos y dejas de apuntarme con ese horrible artefacto —prometió Chris, **al borde del llanto**—. No soy ninguna ladrona, Ted...

—Tal vez no, pero tampoco eres estudiante.

—No..., no lo soy. —Chris bajó la cabeza. Cuando volvió a alzarla, una lágrima corría por su mejilla—. Debes confiar en mí, por favor...

El muchacho tragó saliva, vacilante.

—De acuerdo, correré el riesgo. Pero te aconsejo que no intentes nada raro.

Guardó su pequeña arma y liberó las manos de Chris, que había atado con su propio cinturón. Acababa de volver a ajustarlo en el pantalón, cuando el señor Landley entró en la estancia, con una copa de coñac en la mano. Chris no lo vio, pues estaba de espaldas a la puerta.

—¡Vaya, tenemos visita! —murmuró el joyero, sin disimular su desagrado—. A veces pienso que abusas de tu posición en esta casa, Ted. Allá tú si quieres divertirte, pero traer aquí a una golfilla...

La última palabra quedó enredada en sus dientes cuando Chris se volvió hacia él. Su rostro adquirió la misma expresión de alelado estupor que había mostrado al verla por la mañana.

—¡Dios! ¡Tú! —balbuceó; luego su faz pareció desmoronarse—. Sabía que volverías —agregó, con un hilo de voz.

—En realidad ya nos íbamos, señor Landley —intervino Ted—. Le pido disculpas si...

24

—¡Cállate, imbécil! —rugió el viejo, súbitamente recuperado—. Ella no ha venido por ti.

Sin dejar de mirar a Chris, como si ejerciera sobre él una inevitable fascinación, Landley avanzó con su andar meticuloso y se dejó caer en uno de los sillones. Durante un largo momento pareció perderse en una distante ensoñación. Luego sonrió e hizo chasquear los dedos.

—Sírveme otra copa, Ted —pidió—, y trae otras para ti y la pequeña. Supongo que ella tendrá mucho que contarnos.

Reconfortada por el primer sorbo de licor, Chris decidió que tenía una única salida: decir la verdad. Las cosas no podrían ponerse peor de lo que ya estaban, y algo en su interior le sugería que Landley y Ted tampoco estaban totalmente del lado de la ley. De modo que comenzó por un breve resumen de su vida familiar, para pasar luego por su reclusión en el reformatorio, su primera fuga frustrada, el regreso al encierro y el segundo intento desesperado, que, hasta el momento, tenía éxito.

—¿Cómo sabes que todavía te buscan? —preguntó Ted, cuando ella hizo una pausa para beber otro trago.

La chica contó entonces la historia de Wanda, el anuncio de sus padres en el periódico y la denuncia de la dueña de la pensión que, muy probablemente, había servido también para que la policía recuperara su propia pista.

—Debemos suponer que así es —opinó el señor Landley, con un suspiro—. Esa detestable institución ha progresado mucho en los últimos tiempos. Actualmente, sería un grave error subestimar su capacidad.

Por primera vez desde que entrara en aquella casa, Chris sintió una sensación de alivio, combinada con cierta satisfacción: no se había equivocado al apostar a que aquellos tipos no simpatizaban con los guardianes del orden.

—¿Por qué viniste aquí? Podíamos entregarte a la policía —dijo Ted, como si hubiera leído su pensamiento.

—Era mi única salida —replicó sin necesidad de fingir su sinceridad—. No conozco a nadie en esta ciudad. Y tuve la impresión de que el señor Landley era un hombre comprensivo...

El dueño de la casa se revolvió en su asiento, en actitud de alerta, como si el halago de Chris hubiera despertado en él una intuitiva prevención.

—Quizá pueda ayudarte —dijo con voz neutra—, aunque mi posición es delicada. Soy un hombre conocido y respetable, pero no lo bastante como para meterme impunemente en ciertos problemas. ¿Comprendes?

—Sí, señor, creo que sí... —dijo Chris, encogida.

Una sombra de vacilación cruzó el rostro del anciano.

—Lo que quiero decir es que... estoy dispuesto a echarte una mano, si tú tienes un plan.

—¿Un plan?

—Alguien a quien recurrir, o un sitio donde esconderte —explicó Landley—. Debes creerme si te digo que guardarte aquí resultaría peligroso para ambos.

—Lo comprendo, señor Landley. Lo único que pensaba pedirle es que me diera refugio por dos o tres días, o me prestara algo de dinero para llegar a Puerto Rico.

—¿Puerto Rico? —La copa tembló levemente en la mano del anciano, que cruzó una rápida mirada con Ted Konia—. ¿Por qué precisamente allí?

—Es donde vive ahora mi hermano Tom. No le hará muy feliz el verme, pero a fin de cuentas soy su hermana.

—Vaya una coincidencia... —musitó el señor Landley, como para sí.

3

Una suave música zumbaba en los oídos de Chris, y una extraña sensación, del tamaño de una pelota de tenis, giraba lentamente dentro de su estómago.

«He bebido demasiado coñac —se dijo—; no debí aceptar esta última copa.»

Se concentró en un cuadro que colgaba frente al sillón donde se había recostado. La voz raspante del señor Landley llegaba desde el otro extremo de la habitación, pero ella no podía distinguir las palabras; sólo un murmullo imperioso que el hombre desgranaba en el auricular del teléfono, matizado por pausas de silencio. El cuadro de la pared representaba un paisaje marino, con un blanco velero luchando contra la tormenta. Aunque también podía tratarse de una gaviota volando en un cielo lluvioso. La chica no lograba distinguir los contornos. Para colmo, el cuadro se desdoblaba y oscilaba sobre el empapelado de la pared, como si también él fuera mecido por el viento y las olas. Finalmente, también el sillón pareció afectado por el extraño fenómeno y comenzó a girar, bamboleándose. La chica cerró los ojos.

—Bébete esto y te sentirás como nueva —dijo una voz, dentro de su cabeza.

Una mano sostenía ante ella una gran taza de café. Detrás, el rostro sonriente de Ted Konia la contemplaba solícito.

—Anda, sé una buena chica —insistió—. Es sólo un poco de café.

Más allá, en el aire de la habitación, la voz de Landley continuaba su monólogo telefónico.

Chris bebió un largo sorbo. El líquido amargo y caliente bajó por su cuerpo como una descarga eléctrica. Poco a poco, su cabeza dejó de girar y el sillón volvió a posarse sobre el suelo. Ted le cogió la mano y volvió a acercar la taza a sus labios.

—¿Te sientes mejor? —preguntó, una vez que ella hubo bebido nuevamente.

La chica dirigió una mirada al cuadro de la pared. Estaba quieto en su sitio y representaba claramente un velero navegando en un mar encrespado.

—Sí, Ted, mucho mejor, gracias —musitó—. Pero creo que necesitaría dormir un poco.

—Dormirás aquí —dijo Ted—. Te he preparado una de las habitaciones de arriba. Nadie te molestará.

Chris le sonrió agradecida y se incorporó con cuidado. Sus piernas no le obedecían del todo y tuvo que apoyarse en el brazo del muchacho.

—¿Quieres... acompañarme a esa habitación? Me caigo de sueño.

—Espera —dijo Ted con firmeza—. El señor Landley desea hablar contigo.

—Bien, entonces quédate a mi lado.

Por toda respuesta, Ted meneó la cabeza y cogiendo la mano que Chris apoyaba en su brazo la obligó a sentarse nuevamente en el sillón, con un gesto suave pero dominante. En sus labios reapareció la sonrisa ambigua, ligeramente torva. El señor Landley había terminado por fin su conversación telefónica y se aproximó a ellos con su paso vacilante.

—Prefiero hablar contigo a solas, Chris —anunció—. Creo que podré ayudarte.

Una mezcla de esperanza y de miedo encogió el corazón de la muchacha. Ted Konia se inclinó sobre ella. Sonreía aún, pero sus ojos eran fríos.

—Vendré a buscarte más tarde —dijo.

—No será necesario —intervino Landley—. Puedes retirarte, Ted.

Por un instante pareció que el chico iba a replicar, pero apretó los labios e inclinó levemente la cabeza.

—Lo que usted diga, señor Landley. Buenas noches. —Se dirigió hacia la puerta y, antes de salir, hizo un guiño a Chris—: Termina tu café, pequeña —susurró.

Con gesto mecánico, Chris tomó la taza. El líquido estaba ya tibio y no causó efecto sobre su estómago. Pero el velero continuaba en su sitio, quieto y airoso sobre las olas azul cobalto.

Debajo del cuadro, sentado con las manos cruzadas sobre el vientre, el señor Landley la miraba en silencio, con la equívoca unción absorta que había expresado la primera vez que la vio aquella mañana. Los ojos verdosos y húmedos, rodeados por un entramado de finas arruguillas, parecían leer en los rasgos de la chica una antigua historia, apasionante y secreta. Chris tragó saliva, desconcertada por aquella silenciosa y tenaz contemplación.

—¿Quería usted hablar conmigo? —se oyó preguntar, con voz apenas audible.

El anciano parpadeó y su mirada pasó de la intensidad anterior a una serena suspicacia. Extrajo un puro del bolsillo de su chaleco y se demoró en encenderlo con un mechero de plata que tomó de la mesita. Chris siguió con impaciencia sus gestos pausados, hasta que aspiró la primera bocanada. Luego carraspeó.

—He hablado con mis amigos en San Juan de Puerto Rico —dijo, dejando escapar lentamente el humo— y creo que tú y yo podremos ayudarnos mutuamente.

—¿Mutuamente...? —balbuceó la chica.

Landley asintió.

—Tú quieres ir allí a ver a tu hermano, ¿verdad? Pues bien, estoy dispuesto a pagarte el viaje, a cambio de un pequeño favor. —Entornó los párpados y dejó descansar el puro en el borde del cenicero—. Como sabes, me dedico a las joyas y objetos de arte. En parte se trata de un negocio, pero también de una verdadera pasión. Soy un inveterado coleccionista y ciertos objetos tienen para mí un valor muy superior a su precio en dinero. —Dirigió una mirada a Chris, que asintió en silencio, procurando no dejar traslucir su desconcierto—. Mi especialidad son los enseres rituales de las culturas precolombinas. ¿Sabes a qué me refiero?

—Tengo... una vaga idea —mintió la chica.

—Bien. Ciertas personas de Puerto Rico me han ofrecido una pieza única, una máscara proveniente de América Central... Quiero que tú vayas a recogerla en mi nombre. Acabo de hablar con ellos y anunciarles tu llegada. ¿Podrás hacer eso por mí?

Chris no acababa de comprender las palabras del anciano, el sentido de aquella propuesta extravagante y novelesca.

—No sé si debo, señor Landley... Regresar sola, con un objeto tan valioso...

—Su valor es relativo —explicó Landley—. Se trata de un objeto de madera, adornado con piedras y metales comunes. Sólo es importante desde el punto de vista cultural, ¿comprendes? Por otra parte, no será necesario que regreses con ella. Sólo debes llevársela a una persona de mi confianza residente en Ponce, que es un puerto situado en el otro extremo de la isla. Él se encargará de hacérmela llegar.

—¿Por qué no va ese amigo suyo a buscarla a San Juan?

El anciano suspiró y aplastó la brasa del cigarro que se consumía en el cenicero.

—Por tu propia seguridad, no puedo darte muchos detalles —afirmó—. Te bastará con saber que es preferible que el hombre de Ponce no se deje ver por San Juan. Ya sabes, esas tontas intrigas entre museos y coleccionistas...

—Comprendo —dijo Chris, sin comprender nada—. Es algo muy importante para usted, ¿verdad?

—No te imaginas cuánto —resopló el señor Landley.

La chica contempló su taza vacía. Sentía un regusto de desazón en la garganta.

—Hay... algo que no entiendo... —musitó.

—No es imprescindible que lo entiendas todo —gruñó Landley—. Sólo dime si aceptas el trato.

—Usted sabe que no tengo alternativas —dijo la chica—; se supone que la policía me muerde los talones.

—Ésa parece ser la situación —asintió plácidamente el anciano—. Tú tienes tu problema y yo el mío, aunque pienso que el tuyo es más difícil. De modo que aquí tienes mi oferta; la tomas o la dejas.

—La aceptaré más tranquila, si antes responde usted a una pregunta.

—Adelante —dijo Landley, sonriendo.

Chris se puso de pie y comenzó a pasearse por la habitación. Había algo que no encajaba en toda aquella historia. En la ambigua actitud entre solícita y autoritaria de Ted Konia, en la forma en que a veces la miraba el viejo joyero, como si ella fuera una de sus máscaras precolombinas y, especialmente, en aquella descabellada propuesta de pagarle un pasaje a Puerto Rico a cambio de que llevara una careta de madera de un desconocido a otro, en un país también desconocido. Por un instante, deseó que se presentaran los agentes del Departamento de Menores y la enviaran de regreso a «El Pesebre», su viejo y conocido reformatorio. Eso por lo menos formaba parte de la realidad, y tenía una lógica.

Pacientemente, el señor Landley contemplaba sus paseos sobre la alfombra, mientras sus dedos tamborileaban en el brazo del sillón.

—¿Y bien...? —inquirió suavemente—. Estoy esperando tu pregunta.

Chris se detuvo de pronto y se plantó frente a él. Las palabras se agolpaban en su boca y saltaron, apretujadas, en dirección al señor Landley:

—¿Por qué demonios confía usted en mí?

El anciano abrió la boca y desvió la mirada, como si por

un instante hubiera perdido su aplomo. La chica lo acosó, sin poder contenerse:

—Soy muy joven y estoy en apuros, pero no soy tonta. Suponiendo que me crea toda esa fábula de las máscaras, usted es demasiado astuto y poderoso como para necesitar la ayuda de una muchacha fugitiva a la que acaba de conocer. Si tanto le importa ese chisme de madera, puede enviar a Ted Konia por él. O ir usted mismo. ¿Cómo sabe si yo, una vez allí, cumpliré mi parte del trato? ¿O si no cogeré esa máscara y la venderé en cualquier tienda de antigüedades?

Landley mantenía los ojos bajos, y habló con voz queda:

—No puedo saberlo —dijo—. Estoy dispuesto a correr ese riesgo.

—¿Por qué?

El hombre levantó la vista. Una vez más su mirada recorrió el rostro de Chris con una rara delectación. Después se incorporó, lanzando una especie de gemido ahogado, como si estuviera conteniendo el llanto. Con sus pasos de pato cuidadoso fue hasta el escritorio y tomó un portarretratos que había junto al teléfono. Con la manga de su chaqueta limpió el cristal ovalado y contempló la fotografía con íntimo recogimiento. Luego regresó junto a Chris, lentamente, y puso el portarretratos ante ella. Era una foto antigua, pero lo bastante buena como para distinguir claramente a una pareja acodada en la borda de un barco. El hombre, con uniforme de marino, era sin duda el propio señor Landley, cuarenta años más joven y con otros tantos kilos menos. La muchacha, cuya bufanda ondeaba al viento, era la hermana gemela de Chris Parker. O eso parecía. Las mismas facciones, el mismo cabello, los mismos ojos redondos y claros, los mismos hoyuelos a ambos lados de la boca sonriente.

—¡Demonios! —exclamó la chica, sin poder contenerse.

El anciano se dejó caer a su lado, en el sillón, y le cubrió las manos con las suyas, ocultando aquella turbadora imagen.

—Sí..., el parecido es milagroso —murmuró—; sólo que

esa fotografía fue tomada en 1941. —Se inclinó hacia atrás, dejando reposar su cabeza sobre el respaldo. Luego siguió hablando, con los ojos perdidos en el pasado—: Ella se llamaba Lilian y la conocí en San Francisco, durante unas vacaciones. Nos enamoramos locamente, como suele suceder a esa edad... Lilian era apenas mayor que tú, yo tenía veintitrés años y acababa de alistarme en la Marina, para conocer mundo. —Landley sonrió con tristeza—. Íbamos a casarnos cuando estalló la guerra... Decidimos esperar, con alguna excusa romántica. En realidad, ambos temíamos que yo no regresara...

El señor Landley extrajo un pañuelo y se secó la frente, enjugando con disimulo sus ojos húmedos.

—¿Qué ocurrió luego? —preguntó Chris, conmovida.

—Nuestra flota participaba de la campaña del Pacífico —prosiguió el señor Landley, estrujando el pañuelo entre sus dedos—, pero no me había tocado entrar en combate. Lilian me escribía dos o tres veces por semana, y yo cada noche llenaba cuartillas y cuartillas contándole mis sueños y lo felices que seríamos cuando aquel infierno terminara. Por fin, llegó nuestro bautismo de fuego: un absurdo desembarco en una isla atestada de japoneses armados hasta los dientes. Apenas había avanzado diez metros sobre la playa, cuando una ráfaga de metralla me destrozó el bajo vientre... habrás notado que aún cojeo un poco al caminar... Quedé allí tendido, mientras mis compañeros caían como moscas a mi alrededor. Perdí el sentido, pensando que moriría en aquella arena sucia; mi último pensamiento fue para Lilian...

—Pero le salvaron, y pudo regresar —agregó Chris, expectante.

—Así fue, por desgracia. —El anciano temblaba de pies a cabeza—. ¿Quieres darme otro poco de coñac? La botella está sobre aquel mueble.

Mientras la chica servía la bebida, Landley continuó su relato:

—Cuando recobré el sentido, estaba en un hospital de campaña, en Hawai. Los chicos de la Cruz Roja habían logrado sacarme de aquel agujero, Dios sabe cómo. Al día siguiente, un simpático médico naval me explicó la situación: mi vida no corría peligro y sin duda en poco tiempo podría volver a caminar, pero... mi entrepierna era sólo una masa de costurones y cicatrices... —El hombre bebió su copa de un trago, abrasándose la garganta—. Ya nunca más serviría para nada como hombre.

Chris abrió la boca para decir algo, pero volvió a cerrarla al momento. ¿Qué se podía decir ante semejante historia? Simplemente, apretó sus dedos sobre la fláccida palma del señor Landley.

—Pasé seis meses en aquel hospital, hasta que pude andar sin muletas —continuó el anciano—. En todo ese tiempo no envié una sola línea a casa, ni a mis padres ni a Lilian. Más tarde supe que me habían dado por muerto. Finalmente, el capellán me convenció de que mi actitud era cobarde, y que la única solución consistía en volver y afrontar la realidad. Si realmente quería a Lilian, debía presentarme a ella y liberarla de su compromiso.

—¿Y lo hizo?

—Regresé a casa, y allí me esperaba lo peor. Lilian había fallecido unas semanas antes, en un extraño accidente. Mi padre era un hombre que no se andaba con rodeos, y me dio a entender que él opinaba que la muchacha se había quitado la vida, creyendo que yo también estaba muerto. Nunca supe si ése fue el motivo, y en realidad no importaba saberlo...

—Es una historia terrible... —musitó Chris.

—Han pasado cuarenta años, y creía que había comenzado a olvidarla, hasta que te vi esta mañana pintando la cerca. Tenías sus mismos ojos encendidos y el gesto de apretar la lengua entre los labios...

—Lo siento, señor Landley, de veras. Si puedo hacer algo por usted...

El anciano tomó una bocanada de aire y se esforzó por recuperar su compostura. Tenía la piel pálida y el rostro algo descompuesto, pero ya no temblaba.

—No te he contado esto para que me compadezcas, niña.

Al fin y al cabo, he sabido arreglármelas en la vida. Tú me preguntaste por qué confiaba en ti, y ésa es mi respuesta: no tengo a nadie en quien confiar, pues soy suspicaz por naturaleza. Me caes bien, y tu aire inocente será muy apropiado en estas circunstancias. —La miró otra vez, fijamente, por un instante—. Por otra parte, tu asombroso parecido con Lilian quizá sea un signo de buena suerte...

—¿Un mensaje del otro mundo?

El viejo hizo un gesto de desdén con la mano.

—No creo en esas tonterías —dijo—. Ya tengo bastante con este mundo. Pero no niego que esta sorprendente coincidencia me ha impresionado. A veces, no es oportuno contrariar al destino. ¿Aceptas mi ayuda?

—Aceptaré el trato —dijo Chris.

El señor Landley sonrió, satisfecho, e incorporó su voluminosa figura sobre las frágiles piernas.

—¡Bravo! —exclamó—. Pasarás la noche aquí, y mañana arreglaremos los detalles.

—De acuerdo —aprobó Chris, ahogando un bostezo—. Creo que ahora subiré a descansar...

El anciano se inclinó hacia ella, y la tomó paternalmente por el brazo.

—¿Te importaría quedarte unos minutos? —preguntó—. Quiero mostrarte algo.

Chris vaciló, mirando al hombre con ojos soñolientos. Su actitud era cordial y su rostro reflejaba una expectación casi infantil. La curiosidad de la muchacha pudo más que su cansancio.

—Bien, señor Landley —aceptó—. Espero que el avión a Puerto Rico no parta de madrugada.

—¡Hay un vuelo por la tarde! —anunció el anciano, gozoso—. Anda, pequeña, ven conmigo.

Pese a encontrarse en su propia casa, el señor Landley se dirigió a uno de los corredores en actitud vagamente furtiva. Chris le siguió entre curiosa y divertida. El anciano abrió un armario adosado a la pared, y luego un cofre de madera que había en su parte inferior. Con sumo cuidado, extrajo algo del interior y se lo mostró a Chris. Era un antiguo vestido amarillo, con florecillas rojas. A la chica le pareció reconocerlo, aunque sin duda era la primera vez que lo veía.

—Es el vestido que llevaba Lilian la última vez que nos vimos —explicó Landley, con voz temblorosa—. Fue entonces cuando nos tomaron aquella fotografía.

Chris comprendió por qué aquella prenda le resultaba imprecisamente conocida. Rozó la suave tela con la punta de los dedos. El anciano dejó que el vestido se deslizara hacia las manos de la joven. Sus ojos la miraban, suplicantes.

—¿Querrías...? ¿Querrías... ponértelo? —rogó—. Sólo por un momento, para que yo te vea...

Chris no encontró forma de negarse al conmovido ruego del anciano. Entró en el lavabo y comenzó a cambiarse. El vestido amarillo se ajustaba a su cuerpo como si hubiera sido hecho para ella. «Realmente, me hubiera gustado conocer a esa Lilian», se dijo, mientras se contemplaba en el espejo. Luego salió al corredor, tambaleándose sobre los zapatos de tacón alto que Landley había sacado también del viejo arcón. A través de la puerta del salón, llegaba una romántica melodía en ritmo de jazz.

El señor Landley estaba junto al tocadiscos, de espaldas a la puerta, manipulando un álbum de discos antiguos, con descoloridas etiquetas azules. La hermosa melodía flotaba en la habitación, creando un clima extraño e intemporal.

—Aquí estoy —anunció Chris, simplemente.

El anciano se volvió, y quedó paralizado en su sitio, con la boca y los ojos muy abiertos. La muchacha erguida, junto a la lámpara de pie, era una sobrecogedora aparición, rodeada por un halo dorado. Landley dio dos pasos hacia ella, pero sus piernas no le respondieron y debió apoyarse en el borde de la mesa. Se recuperó poco a poco, respirando en profundidad dos o tres veces. Su rostro parecía iluminado por una intensa emoción. Sonreía y movía apenas la cabeza, siguiendo el ritmo de la música.

—Era... nuestro tema favorito... —dijo con dificultad—. *Dama sofisticada*, por la orquesta de Tommy Dorsey... Es... muy bello, ¿no crees?

Con pasos largos y lentos, Chris se acercó a él.

—Señor Landley —murmuró suavemente—, ¿me haría usted el honor de bailar conmigo?

Con los ojos húmedos y los labios sonrientes, el anciano enlazó la cintura de la joven y ambos danzaron torpemente sobre la alfombra. En aquel instante ella era Lilian y él un joven y apuesto marino, en el otoño de 1941. De un momento a otro estallaría la guerra.

Sobre la última nota de la orquesta de Tommy Dorsey, saltó un agudo chillido de sirenas que llegaba desde la calle. Los faros rasantes de un coche inundaron el jardín y la luz potente y blanca penetró en la habitación a través del ventanal. Un chirrido de frenos se confundió con los ladridos de los perros.

—¿Qué diablos...? —gruñó el señor Landley, soltando a Chris.

Su rostro había recuperado la dureza y la vejez.

En el vano de la puerta, se recortó la silueta de Ted Konia.

—Es la policía, señor Landley —anunció en tono impersonal.

4

Ante las palabras de Ted, la sorpresa del señor Landley dio paso a un frío terror. Su rostro se tornó pálido y el mentón le temblaba ligeramente, pero no se dejó dominar por el pánico.

—¡Malditos polizontes! —gruñó, mirando hacia la ventana—. Sin duda «Verrugas» Watson lo ha cantado todo.

—No debió confiar en él, jefe —sentenció Ted—. Ellos saben cómo hacer hablar a la gente...

A través de los cristales del ventanal, Chris vio las siluetas de un hombre con una gabardina clara y otro de uniforme, que se dirigían hacia la puerta principal.

—Ya están aquí —gimió—. Sin duda vienen por mí.

—Es casi medianoche; no creo que la Brigada de Menores haga horas extras —dijo Ted, con sorna—. No, nena. Vienen tras el viejo, y tienen sus motivos.

Con gestos rápidos y precisos, Landley extraía papeles y dinero de los cajones de su escritorio, y los acomodaba en un pequeño maletín.

—¡No me cogerán! —anunció, jadeante—. Saldré por el pasadizo...

La campanilla de la puerta de entrada sonó con vibrante insistencia. El joyero dio un respingo y luego abrazó el maletín contra su pecho.

—¡Anda, Ted! —ordenó—. Atiéndelos y trata de ganar tiempo. Diles... que me he ido al extranjero, o algo así...

—¿Qué hacemos con la chica?

—Se quedará contigo. Tu historia de mi viaje sonará más convincente si les dices que estabas aquí solo, con tu novia...

La campanilla volvió a repicar al tiempo que sonaban unos golpes en la puerta. Los policías comenzaban a impacientarse. De pronto, Chris saltó hacia el señor Landley y se colgó de su cuello, desesperada.

—¡Lléveme con usted! —imploró—. Ellos... pedirán mis documentos, harán preguntas... Por favor, señor Landley, no me deje aquí...

El anciano miró por un instante el rostro de Chris, muy cerca del suyo. Luego se liberó de sus brazos con firmeza. Frunció los labios y por sus ojos cruzó un velo de duda.

—El tiempo apremia —urgió Ted Konia—. Son capaces de tirar la puerta abajo.

—De acuerdo —suspiró Landley—, vendrás conmigo. Toma este maletín y sígueme.

—Me dejan solo frente a los lobos —se quejó el muchacho.

—No tienen nada contra ti —dijo Landley—. Limítate a decirles lo que te he dicho.

—Allá voy —suspiró Ted.

Se alzó de hombros, hizo un guiño a Chris y desapareció por la puerta que daba al vestíbulo. La estridencia de la campanilla volvió a resonar en toda la casa.

—Vamos —dijo el anciano—. No hay tiempo que perder.

Chris siguió a Landley a lo largo de un pasillo que llevaba a las dependencias posteriores. Atravesaron la amplia cocina en penumbras y llegaron a una habitación contigua que hacía las veces de despensa. El señor Landley tomó una linterna de uno de los estantes e iluminó el suelo de cemento. En un rincón se dibujaba claramente el rectángulo de una trampilla de madera. A indicación del joyero, la chica cogió la argolla y tiró con fuerza. La trampilla giró sobre sus goznes, dejando ver los primeros peldaños de una escalera. Sin demora, Landley descendió con paso vacilante, haciendo oscilar la linterna. Chris le siguió. La escalera descendía a un sótano amplio y casi vacío. El hombre accionó un interruptor, y un tubo fluorescente se encendió en el techo, iluminando parcialmente la estancia. Había algunos muebles viejos apilados aquí y allá, una estantería con latas de lubricantes, neumáticos usados, herramientas de mecánico, utensilios de jardinería y ese tipo de cosas. En la pared opuesta, había una puerta metálica de buenas dimensiones. Según calculó Chris, debía dar al garaje.

—¿Saldremos por aquí? —preguntó.

El anciano movió negativamente la cabeza. Había recostado su cuerpo tembloroso en la estantería, y parecía respirar con dificultad.

—No, pequeña —jadeó—. Si no son tontos... habrán dejado un hombre vigilando la puerta del garaje. —Se pasó la mano por la cara, enjugándose pequeñas gotitas de sudor sobre la piel pálida—. Tenemos un... escape mejor.

—¿Está seguro de que se encuentra bien?

Bajo la lívida luz del fluorescente, el aspecto de Landley había desmejorado visiblemente.

—No te preocupes... Podré seguir adelante, si me echas una mano.

Con la ayuda de Chris, el señor Landley desplazó uno de los paneles de la estantería, hasta dejar una abertura de unos setenta centímetros entre el mueble y la pared. En ésta se abría un hueco de forma ojival, lo bastante amplio para que pasara una persona, incluso alguien tan voluminoso como el señor Landley.

—Tú eres más menuda. Coge la linterna y ve adelante —indicó el anciano.

Chris dirigió la linterna hacia el agujero, revelando las húmedas paredes de un túnel cilíndrico, que se perdía en la oscuridad. Avanzó unos pasos, sintiendo la entrecortada respiración del hombre a sus espaldas.

—Son... restos de un antiguo sistema de desagües —explicó Landley—. Ted y yo lo descubrimos hace algún tiempo... y, un poco en broma, él se ocupó de quitar el barro y las raíces que lo obturaban... —La respiración del anciano era casi un gemido—. Decía que... podríamos necesitarlo alguna vez... Y no se equivocó.

—¿Adónde conduce? —preguntó Chris, sintiendo que sus pies pisaban sobre un fango maloliente y espeso.

—No es... muy largo —jadeó el joyero—. El otro extremo desemboca en un descampado... en la manzana contigua. Ten cuidado... Tendremos agua durante unos metros...

En efecto, el tramo siguiente estaba cubierto de agua terrosa, que mojaba las pantorrillas de Chris y empapaba la falda del romántico vestido amarillo. Por un momento, el fangoso líquido le impidió avanzar. La chica sintió un ciego temor, que la paralizó en medio de aquel penumbroso pasadizo. Por su cara y su pelo chorreaban finos hilillos de agua sucia, que se filtraban por las fisuras del techo. Pensó que aquel viejo estaba loco, o enfermo, y que el túnel no llevaba a ninguna parte. Sintió deseos de gritar pidiendo auxilio, de abandonarlo todo y echar a correr en sentido contrario. Pero allá arriba, en la confortable y concreta mansión del señor Landley, estaba el polizonte de la gabardina clara, haciendo preguntas suspicaces. Quizá ya había interrogado a Ted sobre una muchacha escapada del reformatorio.

—Sigue, Lilian... —pidió la voz apagada de Landley, detrás de ella—. Continúa, mi amor, ya falta poco...

Chris sintió su cuerpo recorrido por un estremecimiento. El viejo había perdido el juicio, pero tenía razón: la única solución era seguir adelante. Entregó el maletín a Landley, se colgó la linterna del cuello y apoyó ambas manos en las paredes para ayudarse a vencer la quieta resistencia del agua. Unos metros más adelante, el nivel del líquido había descendido a sus tobillos, y pudo apurar el paso. Al rato le pareció ver, a lo lejos, el extremo del túnel. Apagó la linterna para cerciorarse. Sí, un leve resplandor gris hería apenas la oscuridad, señalando el final del camino.

—¡Ya llegamos, señor Landley! —exclamó volviéndose—. Se ve una luz... ¿Señor Landley...?

El anciano ya no estaba detrás de ella, ni tampoco en la extensión del túnel que alcanzaba a iluminar la linterna. Tal vez no había podido seguir adelante, o quizás había sufrido un desvanecimiento. De todas formas, no hubiera ido muy lejos, en el estado en que se encontraba. Instintivamente, Chris volvió el haz de la linterna hacia delante. A menos de diez metros podía ver el pequeño agujero de salida y junto a él unas ramas de maleza, que oscilaban bajo la brisa nocturna. La libertad. O, por lo menos, la posibilidad de escapar, ocultarse y volver a escapar, que era la idea que ella tenía de la libertad. Frente a ella, ¿qué importaba un viejo impotente y extraviado, hundido en el fango de un antiguo desagüe, que nadie encontraría jamás? Ésa fue la pregunta que se hizo.

Lanzando una maldición contra sí misma, su mala suerte, y sus absurdos principios de solidaridad, dio media vuelta y comenzó a recorrer el camino de regreso, hundiéndose nuevamente en aquel cieno pegajoso. Confundida por la desesperación, casi pasó por encima del cuerpo caído del señor Landley, cuyo busto asomaba apenas sobre la superficie del agua sucia. Su cara estaba amarilla y desencajada, con mechones de pelo mojado cayéndole sobre la frente, salpicada de gruesas gotas de barro. Al inclinarse sobre él, Chris pensó que se parecía a la imagen que ella se había formado de la máscara precolombina que el viejo tanto deseaba.

—Lilian... —musitó Landley con voz agónica—. Sabía que volverías...

—Ánimo, señor Landley —dijo ella, por decir algo—. Le ayudaré a salir de aquí.

—Es tarde... —balbuceó él—. Siempre llegas demasiado tarde...

La gruesa mandíbula cayó sobre el nudo de la corbata italiana, y los ojos acuosos se tornaron de vidrio.

—La máscara... —dijo.

Y no dijo nada más. Estaba muerto. Sabiendo que en aquella situación y aquel lugar su gesto era absurdo, Chris le besó la frente húmeda.

Entonces sintió una mano imperiosa que se posaba sobre su hombro, y lanzó un grito de terror.

5

TED KONIA TOMÓ A CHRIS por los hombros y la zarandeó con fuerza.

—No te asustes —dijo—, soy yo. Deja ya de gritar.

Chris, aturdida y exhausta, sintió que su cuerpo se desmoronaba, como si alguien hubiera cortado los hilos que lo sostenían. Su cabeza cayó sobre el pecho de Ted, que le rodeó la cintura con los brazos. La muchacha tiritaba.

—Cálmate... —susurró el chico en su oído—. Ya todo ha pasado...

—Es... horrible, Ted... —balbuceó Chris entre hipos de llanto—. El señor Landley... Creo que... ha muerto.

—¿Muerto?

Ted apartó a la chica y tomó la linterna que aún colgaba de su cuello. Chris se apoyó contra la concavidad de la pared. Los ojos de Ted mostraban un brillo extraño a la luz de la linterna, que culebreó hasta enfocar el cuerpo de Landley, grotescamente sumergido en el agua fangosa. Con decisión, el muchacho se dirigió hasta donde estaba el anciano y se inclinó sobre él. Primero apoyó la cabeza sobre el torso empapado, y escuchó atentamente. Luego le separó los párpados y acercó la linterna. Las pupilas inmóviles le devolvieron un fulgor opaco. El muchacho se apartó, con un gesto de repulsión.

—Sí... —murmuró, mientras se incorporaba—, está más muerto que un sapo muerto.

A Chris le pareció que sonreía.

—¿Qué haremos ahora? —preguntó.

—Ya te diré lo que haremos, muñeca —masculló Ted, en tono desagradable—. ¿Dónde diablos está su maletín?

—La última vez que lo vi, lo llevaba apretado contra el vientre.

—Veamos —dijo Ted.

Volvió a acercarse al cadáver y hundió las manos en el agua. Luego de un breve forcejeo, consiguió arrancar el maletín de las manos invisibles del muerto. La cabeza del señor Landley cayó hacia un lado, y la boca entreabierta se le llenó de agua sucia.

Todavía vacilante, Chris se aproximó unos pasos.

—¡Pobre viejo! —musitó—. No ha sido una buena muerte...

—Nunca lo es —sentenció Ted.

—¿Crees que podremos sacarlo de aquí?

—Nadie va a sacarlo de aquí. Está muy bien donde está

—No te comprendo... —balbuceó la chica.

Un escalofrío le hizo entrechocar los dientes. Su cuerpo temblaba bajo el liviano vestido empapado. Ted le pasó el brazo sobre los hombros, con aire protector, y la obligó a volverse y caminar junto a él, en dirección a la salida.

—Te lo explicaré cuando estemos arriba —dijo—. Ahora necesitas quitarte esa ropa y tomar algo caliente.

—¿Qué ocurrió con la policía? —interrogó la chica, dejándose llevar.

—¡Oh, fue sólo una falsa alarma! —rió Ted—. Alguien desvalijó una casa del barrio, y los polizontes andaban recorriendo el vecindario, para hacer sus estúpidas preguntas de siempre. Simple rutina.

—¿Por qué lo hacen por la noche?

—Para darse importancia, supongo.

—Ya. ¿Y también por eso hicieron tanto ruido?

—O quizá para advertir a los ladrones. No siempre están dispuestos a toparse con ellos —bromeó Ted, haciendo uno de sus típicos guiños.

QUINCE MINUTOS MÁS TARDE, Chris estaba en la habitación del primer piso que Ted le había preparado. Se había quitado las ropas empapadas y tomado una ducha caliente, pero su cuerpo estaba rígido y tembloroso, como sacudido por un frío interno. Cogió una gruesa manta de la cama y se envolvió en ella, arrebujándose en el sillón más próximo al radiador. Poco a poco, la fue envolviendo una grata tibieza y pudo comenzar a pensar en todo lo ocurrido. Habían sido demasiados sobresaltos y emociones para un solo día. Mentalmente, dirigió una maldición a Clarence, la dueña de la pensión, cuya denuncia de la pequeña Wanda había desencadenado aquella absurda serie de peripecias. Parecía que aquello había sucedido en un pasado muy lejano, y en realidad apenas habían transcurrido unas horas. Las horas terribles de una tarde y una noche. «Y prepárate, amiguita —se dijo a sí misma—, porque las próximas no serán mejores. Todo hace suponer que estás en manos del guapo de Ted Konia, cuya mente no parece ser tan bella como su rostro. Ese tipo trama algo sucio, y está dispuesto a meterte en ello hasta el cuello. Yo que tú no me fiaría de él, aunque tampoco tienes muchas alternativas, Christine Parker...»

Como respondiendo a los pensamientos de Chris, Ted Konia hizo irrupción en el cuarto, cargando una bandeja con un plato de bocadillos, tazas, servilletas de papel y una cafetera humeante.

—¡La cena está servida, *madame*! —exclamó jovialmente—. Te he traído también unas aspirinas, pero será mejor que antes te eches algo al estómago.

—Eres muy amable, Ted —dijo Chris—. Tomaré las aspirinas y un poco de café. No podría tragar bocado, después de lo ocurrido...

—Una chica sensible, ¿eh? Así es como me gustan. Pero

no te atormentes, muñeca. El viejo se lo merecía, y tu amigo Ted tiene grandes planes para ti. Como decía Landley, ¡no hay que resistirse a la fuerza del destino!

Chris guardó silencio. No le gustaba el cariz que estaba tomando la situación. Ted se dedicó a servir el café, silbando entre dientes y observándola por el rabillo del ojo. La chica cerró los bordes de la manta sobre su pecho y luego cogió la taza que le tendía Ted. Éste dejó un momento su mano sobre la de ella. El contacto de su piel no resultaba agradable. Rió cuando Chris retiró los dedos, y fue a buscar una silla para sentarse frente a ella, con la bandeja sobre las rodillas.

—Realmente, deberías probar estos bocadillos —dijo, sin dejar de masticar activamente—; el viejo sólo tenía cosas de primera.

—No tengo hambre, Ted —dijo Chris con cierta dureza.

—De acuerdo, preciosa, de acuerdo —aceptó él sin dejar de rumiar—. Sólo me estaba preocupando por tu salud.

—Sé cuidarme sola —declaró ella en el mismo tono.

Ted Konia sonrió, meneó la cabeza y lanzó un silbido admirativo.

—¡Vaya, vaya! —exclamó—. La altiva princesa está enfadada con su fiel servidor. —Se limpió los dientes con la lengua y dejó la bandeja a los pies de la cama—. ¿Se puede saber por qué?

Chris lanzó un suspiro.

—No estoy enfadada contigo, Ted. Pero no quiero que me trates como si fuera un gato al que acabas de encontrar en una alcantarilla.

—Hum… —aprobó él—. Creo que ésa es una buena descripción de tu situación. Una hermosa gatita mojada y perdida, que no tiene a dónde ir… ¿A eso te referías?

—Humphrey Bogart ha muerto, Ted. Y tu torpe imitación no le llega ni a los zapatos. Baja de la pantalla y hablemos claro, ¿quieres?

El muchacho apretó los dientes y sus mandíbulas se endurecieron. Su dedo índice se disparó hacia Chris, apuntándola al cuello.

—Yo *estoy* hablando claro, gatita. Si te portas bien, puedo sacarte del atolladero y tendrás tu parte del asunto. Si sigues con esos humos, puedes volver ahora mismo a la alcantarilla.

Chris no estaba dispuesta a dejarse amedrentar.

—¿Cuál es el «asunto», Ted? ¿Que robemos los dólares que Landley llevaba en el maletín y echar a correr? ¿Vivir escondidos, soportando tu sucio aliento, hasta que la policía nos eche el guante? No, gracias; eso puedo hacerlo sola.

—Eres más tonta de lo que yo creía —dijo Ted, serio.

Se puso de pie y, con los brazos en jarras, contempló detenidamente a Chris, como si estuviera considerando qué hacer con ella.

—¿Qué te dijo el viejo? —preguntó de pronto—. ¿Te largó su rollo del joyero retirado, que se interesa por las piezas precolombinas?

—Sí, eso fue más o menos lo que dijo.

—¿Y no te sorprendió que un honesto coleccionista saliera a escape al oír llegar a la policía?

—No demasiado —respondió Chris—. En la conversación, ya me había dado a entender que no le gustaban los polizontes. Después, no he tenido demasiado tiempo para reflexionar.

Ted Konia se inclinó sobre ella y apoyó las manos en los brazos del sillón. Sus ojos brillaban y una aviesa sonrisa le jugueteaba en los labios.

—¿Sabes lo que es un «reducidor»? —preguntó con suavidad. La chica negó con la cabeza—. Es alguien que se dedica a comprar joyas robadas. Las desmonta, funde los metales, desengarza las gemas y les da nuevas formas, de manera que ni sus propios dueños puedan reconocerlas. Hay que invertir dinero y tener habilidad, pero es un excelente negocio; generalmente, los ladrones no reciben ni la mitad del valor real de su botín. Y si no son expertos, ni siquiera eso. Es el reducidor quien hace el verdadero negocio, ¿comprendes?

—Comprendo —dijo Chris—. ¿Se dedicaba a eso el señor Landley?

—Vas aprendiendo —aprobó Ted, incorporándose—. El viejo era uno de los pájaros más importantes de la Costa Este y actuaba con total impunidad. Quizá la policía sospechara de él, pero jamás tuvieron la más mínima prueba. —Ted cogió otro bocadillo y comenzó a engullirlo con buen apetito—. Hace unos días cogieron a «Verrugas» Watson, uno de los principales «clientes» de Landley. Los ladrones de joyas no suelen denunciar a los reducidores, porque éstos saben mucho y provocarían capturas en cadena. Es una especie de ley del gremio. Pero «Verrugas» es nuevo en el oficio, y tenía un feo asunto pendiente con la justicia: la muerte, en circunstancias no muy claras, de su ex esposa.

—Por eso Landley temía que «Verrugas», al verse atrapado, cantara todo lo que sabía —concluyó Chris.

—Exactamente. Veo que conoces el paño.

—He pasado la mitad de mi vida en un reformatorio, y la otra mitad huyendo.

—Es una excelente escuela —comentó el muchacho.

Chris permaneció un momento en silencio, reflexionando, mientras Ted daba cuenta del último bocadillo, acompañándolo de otra taza de café, ya frío. Había algo que no encajaba en toda aquella historia, y la chica no lograba desentrañarlo. De pronto, comprendió de qué se trataba: el interés de Landley por aquella máscara de Puerto Rico.

—Dime, Ted, ¿coleccionaba realmente Landley máscaras precolombinas?

El muchacho se alzó de hombros.

—No particularmente —respondió—. Por su oficio, conocía el tema, ya que algunas de esas piezas pueden tener bastante valor. Pero su especialidad eran las alhajas de alto precio. Ya sabes: esmeraldas, diamantes, rubíes, y esas cosas.

—Es extraño... —musitó Chris.

—¿Qué es lo que es extraño?

Chris observó a Ted Konia, que le devolvió la mirada, balanceándose impaciente sobre sus talones. Le resultaba difícil confiar en aquel muchacho fatuo y sin demasiados escrúpulos, pero quizá no tuviera otra salida. Comenzó a hablar en voz baja:

—Cuando Landley y yo nos quedamos solos, me propuso pagarme el viaje a Puerto Rico, para reencontrarme con mi hermano, a cambio de que yo buscara una de esas máscaras y la llevara a otra ciudad de la isla. Acababa de telefonear allá para anunciar mi llegada.

—Lo suponía —dijo Ted, satisfecho—. ¡La máscara de Ichita! Iremos a buscarla mañana mismo. Y después, muñeca, ¡seremos millonarios!

—¿Millonarios? ¿Tanto vale esa máscara?

Ted lanzó una carcajada.

—Un anticuario podría darte cincuenta dólares por ella, si regateas lo bastante. Es sólo una talla de madera, con algunos adornos de latón y piedras sin valor.

—Eso es lo que Landley me dijo —corroboró Chris—. No comprendo entonces por qué le das tanta importancia.

—Te lo explicaré, si prometes venir conmigo a buscarla.

—Pides demasiado, Ted. Aún no sé de qué se trata.

Ted volvió a reír y, súbitamente, dio unos pasos de baile frente a Chris.

—Ya te lo he dicho, cariño —canturreó—. ¡Se trata de hacernos millonarios!

—Dime cómo —insistió la chica.

—¿Vendrás conmigo?

—Te lo diré después de escuchar tu historia.

—Después ya no tendrás alternativa —advirtió él.

—Empieza a hablar tú, que ya es muy tarde —dijo Chris.

Ted meneó la cabeza, muy seguro de sí, y fue a sentarse cómodamente en el suelo. Como al descuido, dejó que su mano se posara sobre el pie desnudo de la muchacha, que asomaba bajo la manta. Lentamente, sin mudar de expresión, Chris recogió la pierna poniéndose fuera de su alcance. En el rostro de Ted se dibujó un atisbo de disgusto, pero dejó las manos quietas.

—Bien... —suspiró luego—, ésta es la historia: la máscara de Ichita pertenecía a Landley desde hace tiempo. No vale nada, pero tiene una curiosa característica: es hueca por dentro. Se trata de un trozo de madera plana, ligeramente combado, rústicamente tallado en una de sus caras. Una sola pieza de madera natural, de no más de dos centímetros de espesor, que representa el rostro de una deidad. Por más que lo examines, no encontrarás en él fisuras, acoplamientos, junturas, ni partes desmontables. Se ve claramente que es el compacto trozo original, apenas trabajado en la superficie para sugerir una nariz aplanada y labrar el contorno de los ojos y la boca. Pero, alguna vez, alguien se ocupó de agujerear la pupila del ojo·izquierdo y a partir de allí ahuecar todo el interior. Un verdadero trabajo de indio. Sin duda necesitó una herramienta muy especial, bastante habilidad y mucha paciencia. Luego tapó el agujero encajando en él una piedra de poco valor y, para disimular, colocó otra igual en el otro ojo.

—Muy interesante —comentó Chris, ahogando un bostezo—. Pero acabas de decir que sólo vale cincuenta dólares.

—Vacía, sí —aceptó el chico—. Pero en su interior hay espacio suficiente para ocultar toda una lata de garbanzos, si los metes uno a uno dentro del agujero.

—Sensacional —se burló la chica—. ¿A qué precio están los garbanzos?

—No lo sé. Pero puedo decirte lo que vale un diamante de ese tamaño.

Chris dio un respingo y se incorporó a medias en su asiento.

—¡Ahora comprendo! —exclamó—. ¿Quieres decir que Landley usaba la máscara para ocultar y transportar joyas robadas?

Ted sonreía beatíficamente.

—Hace dos años la utilizó para sacar de las Bermudas un collar de esmeraldas que valía más de doscientos de los grandes —explicó, ufano.

—¿Y ahora? —preguntó la chica, excitada.

—¿Has leído los periódicos últimamente?

—Sólo miro los dibujos humorísticos —dijo ella.

—Pues bien, hace unas dos semanas hubo un sensacional atraco en un gran hotel de San Juan, durante la fiesta de gala que ofrecía un rico terrateniente puertorriqueño. Como podrás imaginar, la compañía de seguros evaluó el botín en cerca de un millón de dólares. Los muchachos se esfumaron con todas las joyas de las damas presentes.

—Y no me digas que...

—Sí, son clientes nuestros —dijo Ted con sencillez—. El viejo ya ha pagado el precio convenido, algo así como medio millón, y se disponía a ir allí a buscar la máscara «cargada» cuando la policía capturó a «Verrugas» en el asalto a una joyería. Landley tuvo miedo de dejarse ver por San Juan y tú caíste como un regalo del cielo. Sin duda pensaba ir él mismo a Ponce en su yate, una vez pasado el peligro, y recoger el «paquete». Todo lo que tenemos que hacer ahora es presentarnos allí, coger la máscara y esfumarnos.

—Lo pones muy fácil —dudó Chris.

—*Es* fácil —aseguró Ted—. Ellos esperan que tú vayas a buscar el botín.

—¿Por qué van a entregármelo, si ya han cobrado su parte?

—Los ladrones son más honestos de lo que piensas. Por lo menos en este tipo de tratos. De no ser así, la profesión sería imposible. No temas, ellos tienen que cumplir con su parte.

—¿Aun habiendo muerto Landley?

—No, claro que no. Buscarían otro reducidor. Pero sólo tú y yo sabemos que el viejo ha muerto, y pasará mucho tiempo antes de que encuentren sus huesos en el pasadizo.

—No me gusta —dijo abruptamente Chris.

—¿Qué dices? —saltó Ted—. ¿No te gusta que en las manos te caiga medio millón de dólares?

—No me gusta todo este asunto. Huele mal. Yo vengo del reformatorio, Ted, y no estoy dispuesta a terminar en la cárcel.

—Allí es donde irás, si te quedas aquí. En el maletín del viejo hay dinero suficiente para que volemos a Puerto Rico, recojamos la máscara y sigamos viaje a Europa. Nunca más nos verán el pelo.

—¿Y cuando los ladrones sepan que Landley ha muerto y los hemos timado?

—Tendrán que resignarse; después de todo, ya han cobrado su parte. Nosotros nos llevamos la parte del muerto.

—¿Cómo lo harás para... «reducir» las joyas en Europa? No creo que resulte fácil.

—No lo es —aceptó Ted—. Pero ahí es donde entra en juego tu amigo Konia, una vez que tú obtengas la máscara. Mi familia es de origen turco, y mi tío Jalil es el más importante reducidor de Estambul. Pasaremos por allí en primer lugar.

—Lo tienes todo pensado, ¿eh? —se admiró Chris—. Espero que tengas mucha suerte.

—Que *tengamos* mucha suerte —corrigió el muchacho.

—Yo sólo iré hasta Puerto Rico —aclaró Chris, con firmeza—. Mantendré contigo el mismo trato que tenía con Landley. Tú me llevas allí, y yo iré a buscar la máscara para ti. Después, cada cual sigue por su lado.

Ted entrecerró los ojos y sus finos labios se hicieron una línea casi invisible.

—No podré darte tu parte en San Juan —dijo—. Sería demasiado peligroso.

—No te he pedido nada —respondió la chica—. Una vez que me dejes en San Juan, puedes quedarte con todos los «garbanzos».

Ted se quedó mirándola con suspicacia, como si temiera que la propuesta de la chica contuviera algún engaño que él no había advertido.

—¡Es increíble! —exclamó por fin—. Es la primera vez que alguien me regala medio millón de dólares.

—Ya lo ves. Eres un chico con suerte —se mofó Chris—. Ahora vete y déjame descansar un poco. Ya casi está amaneciendo.

—De acuerdo... —murmuró él, acariciando el borde de la manta con los dedos—. Pero no querrás dormir sola, supongo, después de todo lo que ha pasado...

Su mano subió sobre la tela, siguiendo el contorno de la

pierna de Chris. Ella, sin vacilar, le aferró la muñeca con todas sus fuerzas.

—Métete esto en la cabeza, Konia: tenemos un acuerdo comercial, sólo eso. Si quieres que todo salga bien, deja las manos quietas.

—De acuerdo, muñeca, de acuerdo... —dijo él, retirando la mano—. Sólo intentaba ofrecerte un poco de ternura.

—Ya te avisaré si necesito tu ternura. Vete de una vez, y despiértame mañana cuando lo tengas todo listo para salir hacia el aeropuerto.

El muchacho palideció. Miró fijamente a Chris, luego bajó los párpados, aparentemente vencido, y comenzó a incorporarse.

—Eres una chica muy dura, Chris...

Al ponerse de pie, aferró la tela y dio un salto hacia atrás, arrastrando la manta tras de sí. Chris quedó completamente desnuda, inmóvil por la sorpresa. Ted Konia, frente a ella, contemplaba su cuerpo con mirada extraviada y la lengua entre los dientes. Sus manos temblaban apretando la manta contra sí, y parecía haber perdido la razón.

—Asquerosa putita de reformatorio —bisbiseó—. Ahora verás lo que Ted Konia es capaz de hacer contigo...

Con gestos lentos, Chris se cubrió el pecho con una mano y el pubis con la otra, sin hacer otro movimiento. Ted pareció excitarse aún más ante aquella actitud de pudor, y avanzó un paso hacia ella.

—Si me tocas —dijo Chris con voz seca—, habrás perdido un millón de dólares. Te lo juro.

El muchacho se detuvo. Contempló golosamente una vez más el cuerpo de Chris, al alcance de su mano, y luego le buscó los ojos. Eran duros y fríos, y no mostraban miedo. Aquella chica era capaz de hacer lo que decía. Con un gesto de rabia impotente, Ted arrojó la manta sobre ella.

—Ninguna mujer vale tanto, ¿verdad, muñeca? —dijo, con una risa frágil.

—No, creo que no —dijo Chris.

—De acuerdo. Mañana cumpliremos nuestro trato, y eso será todo. —El chico dio unos pasos hacia la puerta, y luego se volvió—. ¿Sabes una cosa, preciosa? No te comprendo. Acabas de rechazar un montón de dinero y un poco de placer. ¿Quién diablos te crees que eres? ¿Uno de los ángeles de Charlie?

—No es asunto tuyo, guapo —murmuró Chris.

Ted se encogió de hombros y le volvió la espalda, dirigiéndose hacia la puerta. Chris aprovechó para saltar a la cama y hundirse entre las sábanas. Allí se arrebujó, sintiendo que su cuerpo, por fin, se distendía en una cálida placidez.

—Ted... —llamó con voz susurrante.

Desde la puerta entreabierta, el muchacho se volvió. Al verla en la cama y sonriente, su rostro expresó una esperanzada avidez.

—Dime, muñeca...

—Apaga la luz al salir, ¿quieres? Creo que voy a dormir durante una eternidad...

6

SIGUIENDO LAS MONÓTONAS instrucciones que surgían a través de los altavoces del avión, una azafata rubia, en medio del pasillo, mostraba con desgana profesional la forma en que debían utilizarse las máscaras de oxígeno. La voz metálica aclaró que ese ritual era obligatorio de acuerdo con los tratados internacionales de seguridad aérea. Esa advertencia tranquilizadora no parecía necesaria, pues la mayor parte del pasaje apenas había prestado atención a la ceremonia, ocupado en acomodar sus bultos, charlar entre sí u hojear los periódicos que otra azafata había distribuido un momento antes.

Pero para Chris Parker se trataba de su primer vuelo, y había seguido fascinada la representación, imaginándose a sí misma con la máscara de oxígeno, saltando del avión en llamas y salvando la vida de la viejecita que ocupaba el asiento contiguo, del otro lado del pasillo. Junto a ella, Ted Konia estaba enfrascado en la lectura de una revista deportiva, y ni siquiera se había abrochado el cinturón de seguridad. Con un súbito tirón, el aparato comenzó a avanzar por la pista. Nadie, salvo Chris, pareció advertirlo. Los altavoces emitían ahora una musiquilla sedante. La chica sintió un brusco vacío en el estómago y a través de la ventanilla observó que los árboles y las casas comenzaban a empequeñecerse. Poco después, sólo se veía el cielo azul y las nubes flotando por debajo, como si alguien las hubiera pintado allí. La voz del comandante saludó a los pasajeros, anunció que el vuelo se dirigía a San Juan de Puerto Rico —información un tanto obvia, opinó Chris—, y dio los datos sobre la altitud de vuelo, velocidad y la duración del viaje, agregando con jovialidad que el tiempo sería excelente durante todo el recorrido y que dentro de unos minutos se serviría un refrigerio. Chris se sentía, literal y literariamente, en las nubes.

—¡Volar es maravilloso, Ted! —exclamó—. Me pregunto por qué no lo he hecho antes.

—Mejor será que no te lo respondas —masculló él, sin dejar su revista.

—¿Sabes una cosa? Cuando haya salido de este lío, me haré azafata aérea. ¡Debe de ser un trabajo fascinante!

—Ningún trabajo lo es —opinó Ted.

La chica volvió su atención a la ventanilla. Las nubes se habían apartado, dejando ver la suave curva del horizonte, un trozo de continente que parecía un rompecabezas de colores, y el mar inmenso que rebrillaba en infinitas lentejuelas bajo los rayos del sol. La luz era redonda, blanca y excesiva.

Quince minutos más tarde, Chris apoyó la cabeza en el respaldo del asiento y cerró los ojos, invadida por una sensación de plenitud. En el telón oscuro de los párpados bailoteaban estrellas amarillas y pequeños soles rojos. Un zumbido adormecedor llegaba de los motores, mezclándose con el rumor quedo de algunas voces. El aire olía a limpio, con un vago aroma de farmacia. Pese a que el comandante había dicho que volaban a novecientos kilómetros por hora, reinaba una quietud absoluta y confortable.

Las estrellitas de los párpados se esfumaron lentamente. En su lugar, masas informes de colores ambiguos abrieron paso al sueño. El rumor de voces se convirtió en una letanía ininteligible, en la que giraban y giraban monótonamente palabras horribles: policía, muerte, Ichita, muerte, Wanda, jovas, policía, pasadizo, muerte... Sintió que el agua turbia del pasadizo crecía y se aferraba a sus piernas, y que el cadáver desencajado de Landley se incorporaba, chorreando, y la invitaba a bailar con él *Dama sofisticada*... La boca abierta y los ojos de vidrio... Y el que llegaba a rescatarla no era Ted, sino su hermano Tom, con el rostro cubierto por una máscara de madera... Pero estaba segura de que era Tom Parker, sus manos cálidas y firmes y aquella voz que la acunaba de pequeña mientras sus padres se gritaban obscenidades en la habitación contigua... Ahora del ojo de Tom comienza a manar un chorro de diamantes y esmeraldas, que caen sobre su regazo y forman un manto iridiscente de verde y plata, como el retazo de mar que se veía por la ventanilla del avión... La máscara de Ichita que cubre el rostro de Tom se transforma en una máscara de oxígeno, y después se deforma y se recompone hasta adquirir las facciones del teniente Landley sonriendo en la foto de color sepia, tan amarillenta como la piel fláccida del viejo agonizante en el túnel que le dice que para todo es demasiado tarde, que ella siempre llega demasiado tarde... Y extiende su mano de garra de pájaro y la zarandea por los hombros, le dice que despierte, con la voz juvenil e imperiosa de Ted Konia...

—Despierta, Chris. Te has quedado dormida. ¿Quieres comer alguna cosa?

Los ojos reales de Ted en el avión, y su sonrisa indefinible. Junto a él, la azafata rubia, bonita y perfumada, se inclina sobre Chris y le ofrece una bandeja de canapés y un gran vaso de refresco.

—Si prefieren alguna bebida alcohólica —dice con profesional cordialidad—, les costará un dólar.

—Tomaré el refresco —dice Chris, con una voz que le suena extraña.

—A mí sírvame un whisky —pide Ted, y pone la moneda en la mano blanca de la azafata, que cierra sobre ella los dedos largos de largas uñas pintadas de escarlata.

Chris aún no sabe si esa escena, la azafata y el avión pertenecen al sueño o a la realidad.

—Dime, Ted. Estamos en un avión que nos lleva a San Juan de Puerto Rico, ¿verdad?

—Eso fue lo que nos dijeron al embarcar en el aeropuerto, muñeca. Llegaremos dentro de una hora aproximadamente.

A LA MAÑANA SIGUIENTE, Chris y Ted cruzaban una amplia plaza, en la zona céntrica de San Juan de Puerto Rico. Las amplias hojas de las palmeras apenas alcanzaban a mitigar la ardiente luz del sol que caía en vertical. Al otro lado de la calle, había mesas y sillas sobre la acera frente a un edificio de estilo colonial, precedido por una sombreada galería. Sobre el arco central, un artístico cartel anunciaba simplemente «Café Márquez». Ése era el lugar que el hombre que tenía la máscara le había indicado a Chris, por teléfono, esa misma mañana.

—Tú y tu amigo deberéis ir a las once y media al Café Márquez, y sentaros en una de las mesas de la galería. Pedid dos zumos de piña, y esperad. Alguien tomará contacto con vosotros.

No les había resultado difícil encontrar el sitio. «Márquez» era uno de los lugares más tradicionales y típicos de la ciudad, y lo mejor de la sociedad de San Juan se daba cita allí al atardecer para tomar un aperitivo o para cenar por la noche, gustando las exquisitas especialidades del país. Por las mañanas, la casa iniciaba su actividad ofreciendo su célebre café puertorriqueño a los ejecutivos y hombres de negocios que frecuentaban la zona comercial. La presencia de Chris y Ted en la fresca galería, donde se diseminaban una veintena de mesas, no llamó demasiado la atención. Parecían una de las tantas parejas de estudiantes o jóvenes turistas del continente que visitaban la isla.

El camarero, un hombre de edad indefinida y rasgos mestizos, se aproximó con parsimonia a la mesa y preguntó, en un inglés perfecto, qué deseaban tomar. Ted pidió dos zumos de piña. El hombre asintió y luego estudió fugazmente el rostro de Chris, antes de retirarse hacia el interior del café.

—Presta atención —indicó Ted—, los zumos de piña servirán de contraseña. A partir del momento en que estén sobre la mesa, se iniciará la acción.

—Estoy algo nerviosa —murmuró Chris, mirando a su alrededor—. Todo parece demasiado simple y tranquilo.

—No tiene por qué ser complicado —apuntó el chico, con suficiencia—. Se trata de una sencilla operación comercial.

El camarero estaba otra vez allí, silencioso y quieto.

—Lo siento —dijo—, a estas horas aún no disponemos de zumo de piña. ¿Puedo sugerir otra cosa?

Los chicos cruzaron una mirada desconcertada. Todo el plan podía complicarse por una simple tontería.

—Es una pena —dijo Ted—. Nos han hablado mucho de vuestro zumo de piña.

El camarero parpadeó con cierta conmiseración.

—El patrón ha sugerido que os recomiende otra especialidad de la casa —dijo en tono neutro—. El cóctel Ichita.

Al oír esa palabra, Chris dio un respingo, y Ted la contuvo dándole un rodillazo por debajo de la mesa.

—¡Oh... sí! —balbuceó el muchacho, procurando mantener la calma—. Estamos muy interesados... en el cóctel Ichita.

—Eso suponía —dijo el camarero, sin mudar de expresión. Luego extendió su brazo, indicando la artística puerta de cristales del café—. Dirigíos a la caja, por favor. Allí os informarán.

EL ESTABLECIMIENTO CONSISTÍA en un amplio local de paredes encaladas, cuyo principal adorno lo constituían las grandes vigas talladas que cruzaban el techo. Sólo había dos o tres mesas ocupadas y otros tantos parroquianos acodados a la barra, que atendía una muchacha ataviada con una blusa típica. Ted y Chris se detuvieron junto a la puerta, a fin de acostumbrar sus ojos a la semipenumbra. Luego de unos instantes pudieron distinguir la caja, en el otro extremo de la barra. Detrás de ella se perfilaba una sombra corpulenta.

Gordo, muy rubio y con azules ojos soñolientos, el cajero no se inmutó al verles. Cuando Ted le dijo que querían un cóctel Ichita, los mofletes y la gran papada del hombre se estremecieron, tal vez a causa de una íntima risa. Después de una larga pausa, sus claras pupilas se trasladaron lentamente hacia Chris, mientras el contorno de los párpados se llenaba de finas arruguitas, como si aquel breve gesto ocular le supusiera un gran esfuerzo. Chris le mantuvo la mirada, mientras el corazón le saltaba dentro del pecho. Instintivamente buscó la mano de Ted, pero sólo logró aferrar el faldón de su chaqueta.

El hombre contempló plácidamente el rostro de Chris, durante una eternidad. Luego hizo chasquear los labios. El corto sonido húmedo sonó como un latigazo en el silencio.

—De modo que tú eres la chica que envía Landley —dijo, como si hablara del tiempo. Luego su voz se hizo apenas un susurro—: Se suponía que debías venir sola.

—Hubo complicaciones... —comenzó a decir Ted, y no supo cómo seguir. Se mordió los labios, mientras se maldecía para sus adentros por no haber pensado en aquel detalle.

Afortunadamente, uno de los camareros interrumpió la escena. El gordo le atendió y le entregó una de las facturas que tenía preparadas junto a la caja. Cuando el hombre se marchó, el cajero volvió su atención nuevamente a Ted, con un suspiro de resignación.

—¿Sí...? Me estabas explicando algo... —recordó con dulzura.

Ted había decidido arriesgarse diciendo la verdad, hasta el punto en que ello era posible sin arruinar su plan.

—Hubo complicaciones —repitió—. La policía atrapó a «Verrugas» Watson y...

—Eso lo sabemos —informó el gordo, casi bostezando—. Landley nos lo dijo por teléfono, y agregó que por eso no se atrevía a moverse y enviaba a la chica a buscar la máscara...

—Así es...

—Pero no dijo nada sobre que vendría acompañada por un joven que suele ponerse nervioso cuando se le hacen preguntas.

—No me pongo nervioso... —dijo Ted, que había comenzado a sudar.

—No, claro que no... —respondió el hombre. Tomó una servilleta de papel con las iniciales del Café Márquez y la tendió hacia el chico—. ¿Quieres secarte la frente? Estás sudando. Debe de ser el cambio de clima...

Ted tomó la servilleta. Su mano temblaba, y el gordo no dejó de advertirlo. Chris decidió que era el momento de intervenir.

—Usted nos está poniendo nerviosos —dijo en tono acusador—. Se suponía que debíamos pasar por aquí y recoger la máscara de Ichita, no someternos a un interrogatorio. Yo estaba presente cuando Landley telefoneó. Más tarde... decidió que Ted me acompañara, para evitar problemas.

—Yo era... Soy el secretario del señor Landley, su hombre de confianza —agregó.

—Ya sé quién eres, Konia —dijo el gordo, con un matiz de desprecio.

Ted palideció.

Varios grupos de parroquianos comenzaron a entrar y ocupar las mesas vacías y los taburetes de la barra, riendo y parloteando entre sí, en inglés y en español. Sin duda era la hora en que los empleados de banca y los agentes comerciales hacían su pausa de mediodía, y el Café Márquez era uno de los sitios de moda. Tres chicas se afanaban ahora tras la barra y varios camareros atendían las mesas o entraban y salían presurosos por la puerta que llevaba a la galería.

—Demasiada gente —comentó el cajero gordo, arrugando la nariz—, aunque es una clientela selecta. Si uno sabe escuchar, puede obtener de ella una información muy útil para nuestro oficio. —Su ojo menos entrecerrado hizo un guiño casi imperceptible—. Lamento nuestra pequeña escena, chicos, pero en este trabajo hay que asegurarse. No me arriesgaría a que Landley me echara una bronca por haber entregado el «paquete» a quien no correspondía —terminó, con tono honesto y sincero, casi conmovedor.

—Lo comprendemos, señor... —dijo Chris.

—Larsen —dijo el hombre—. Llamadme Larsen. Así me llaman todos por aquí. —Y acompañó esta información con una amplia sonrisa que infló sus abultados carrillos, marcando en ellos hoyuelos infantiles—. Bien, amiguitos, será mejor que pasemos adentro para que os entregue la máscara. Comprenderéis que aquí llamaríamos la atención.

—Será más prudente, señor Larsen —aprobó Ted, que había recuperado su aplomo.

Larsen apoyó las manos en los bordes de la caja para ayudarse a deslizar su gran trasero fuera del banquillo. Luego de un momento de vacilación, sus pies se apoyaron en el suelo.

—Herminia, ¿quieres ocuparte un momento de la caja? —pidió a una de las chicas—. Estaré de regreso en pocos minutos.

—Por supuesto, señor Larsen —dijo la chica, que había estado allí toda la mañana.

La enorme figura de Larsen se contoneó hacia la zona más penumbrosa del local, pasando junto a las escaleras que conducían a los lavabos. Chris y Ted le siguieron a través de una habitación abarrotada de cajas de frutas y bolsas de café, hasta una puerta pequeña, con un rectángulo de cristal esmerilado en el que podía leerse la palabra «privado».

La estancia era más amplia de lo que permitía suponer la puertecilla, y estaba amueblada con sobriedad y buen gusto: una gran mesa de trabajo, de aspecto gerencial, varios mullidos sillones, librerías y archivos de madera noble, y a un lado una mesa de conferencias con varias sillas. Parecía el despacho de un ocupado hombre de negocios, y hasta cierto punto eso es lo que era. El único detalle insólito consistía en tres hombres corpulentos de catadura facinerosa, inmóviles, distribuidos por allí como si formaran parte del mobiliario. Uno de pie, apoyado en la pared próxima a la puerta; otro sentado en uno de los sillones, mirándose atentamente las uñas; el tercero encaramado en el extremo de la mesa de conferencias, dejando colgar las piernas plácidamente.

—Esto no me gusta nada —susurró Chris al oído de Ted Konia, cuando ambos atravesaron el umbral detrás de Larsen.

—Es habitual en estos casos, no te dejes impresionar —susurró el muchacho.

El hombre que estaba cerca de la puerta la cerró, sin hacer ningún gesto que no fuera imprescindible. El obeso señor Larsen se había sentado ya detrás de su gran escritorio y sonreía con las manos extendidas, invitándolos a aproximarse.

—¡Adelante, jóvenes, adelante! —gorjeó—. Los muchachos son de confianza.

—De acuerdo, entréguenos la máscara y terminemos de una vez —dijo Chris.

Larsen meneó la cabeza, divertido, mientras abría uno de los cajones del escritorio.

—La impaciente juventud de hoy... —comentó como para sí mismo.

Extrajo una caja de cartón, del tamaño y la forma de las que se utilizan para zapatos, y la tendió a Chris con un gesto ligeramente teatral.

—¡La máscara de Ichita! —anunció, saboreando las palabras—. Compruébalo, pequeña, por favor.

Chris, con manos inseguras, desató el cordel que sujetaba la tapa. En el interior reposaba un feo y tosco trozo de madera que semejaba burdamente un rostro humano, adornado con algunas láminas de cobre y una ristra de piedras opacas sobre la frente. Otras dos gemas azules, algo más brillantes, ocupaban el lugar de las pupilas, otorgando cierta expresividad primitiva al conjunto.

Sin tocar el contenido, la chica le pasó la caja a Ted Konia. Había un brillo de triunfo en los ojos del joven. Con gestos nerviosos, cogió entre sus manos la máscara de Ichita y extrajo la piedra que cubría el ojo izquierdo, dejando ver el agujero secreto. Chris y Ted volvieron a cruzar una mirada, ante la silenciosa pasividad de Larsen y sus esbirros. Sin duda se trataba de la auténtica máscara.

Llevado por la excitación, Ted volvió la máscara cabeza abajo y comenzó a sacudirla, para extraer las joyas que contenía. Nada. Ni siquiera el más mínimo ruido en el interior. Fuera de sí, el muchacho metió su dedo meñique por el agujero y luego golpeó la máscara contra el borde de la mesa, para obligarla a expeler su contenido. Nada otra vez. Chris ya había comprendido que la máscara estaba vacía, con sólo mirar la sonrisa de sorna que iluminaba el rostro infantil del señor Larsen.

—Nos han engañado, Ted —dijo con voz ronca.

—¡Landley les hará pagar caro por esto! —chilló Ted.

—¿Landley? —preguntó Larsen suavemente, abriendo otro cajón de su escritorio.

Chris pensó que el gordo iba a sacar un arma y lamentó que se le hubiera ocurrido asociarse a Wanda para dedicarse a pintar cercas en los barrios residenciales. Ahora había llegado el fin.

Pero el gordo sólo extrajo un periódico, doblado por la página de sucesos, y lo puso frente a sus ojos.

—Es el diario de esta mañana —dijo—. Trae una curiosa noticia.

Chris y Ted la vieron al mismo tiempo, en el rincón izquierdo de la página. La foto del señor Landley no era demasiado buena, pero los titulares lo explicaban todo:

JOYERO MILLONARIO HALLADO MUERTO EN UN VIEJO TÚNEL

Investigando un robo en el barrio la policía encuentra el cadáver

7

—EL POBRE VIEJO LANDLEY —comentó Larsen con consternación—. ¡Vaya un sitio desagradable para morir!

Su rostro se mantenía impasible, pero sus dedos gruesos y blancos tamborileaban impacientes sobre la mesa. Sin volverse, Chris sintió que detrás de ellos los tres guardaespaldas habían comenzado a moverse, sin prisa. Nadie parecía tener prisa en aquella situación. El propio Ted estaba paralizado, mirando fijamente el periódico y aferrando aún la máscara vacía entre sus manos.

—Nosotros no lo sabíamos... —musitó Chris.

Los dedos de Larsen se cerraron en un puño, que golpeó con furia sobre la mesa.

—¡Maldita zorra embustera! —chilló—. ¡Claro que lo sabíais! ¡Si es que no lo matasteis vosotros mismos en aquel sucio pasadizo!

—¡No es verdad! —saltó Ted—. ¡Murió de un ataque cardíaco! Hace tiempo que estaba enfermo del corazón y... —el chico se interrumpió de pronto, demudado.

—El diario no pone de qué murió —dijo Larsen, pesaroso—. Si sabes que murió de un ataque, es porque lo viste morir. Era la oportunidad perfecta, ¿eh, pequeño? Nadie encontraría ese cadáver durante varios meses. Años, quizá... Te bastaba con traer aquí a esta golfilla, coger la máscara repleta de joyas y esfumaros en algún lugar exótico. ¿Constantinopla, tal vez...?

Ted se mordió los labios y bajó la cabeza, vencido. Uno de los guardaespaldas estaba ya junto a él, expectante. Larsen sonrió, haciendo temblar sus gordas mejillas.

—Ya veis las cosas que hace el destino —resopló—. Dos chavales inexpertos están a punto de engañar a Larsen, birlándole un millón de dólares... Pero es la propia policía quien, involuntariamente, les descubre el juego. Ahora Larsen tiene que pensar qué hará con vosotros. Por supuesto, no será nada agradable...

En inesperada reacción, Ted lanzó un grito y clavó con todas sus fuerzas la máscara en el estómago del guardaespaldas más próximo. El hombre, cogido por sorpresa, se dobló sobre sí mismo y Ted aprovechó para propinarle un puntapié en la cabeza.

—¡Cogedle! —chilló Larsen—. ¡Que no escape!

El gorila que vigilaba la puerta se lanzó sobre el muchacho, y ambos rodaron por el suelo. El tercer hombre se acercó a ellos, empuñando una pistola.

—¡Huye, Chris! —gritó Ted—. ¡Huye...!

Sin pensarlo dos veces, la chica dio un salto hacia la salida. Mientras la atravesaba, oyó la voz de Larsen dando órdenes y el apagado sonido de los puñetazos contra la carne. También escuchó los pasos y el jadeo de uno de los hombres, que la perseguía. Atravesó el atestado almacén derribando algunos cajones detrás de ella para dificultar el avance de su perseguidor, y oyó una maldición a sus espaldas. Quizá su treta había obtenido algún éxito. Ese pensamiento le dio fuerzas para correr los últimos metros, y entrar en el salón principal del Café Márquez.

El local estaba aún más atestado que antes. La penumbra, el ajetreo de los camareros y el rumor denso de las conversaciones, contribuyeron a que la presencia de Chris pasara desapercibida. Aturdida por la agitación, se acercó a la barra con paso vacilante, procurando recuperar el aliento.

—Hola. ¿Quieres beber algo? —le preguntó la muchacha que atendía la caja—. Ya hemos preparado el zumo de piña...

—Quizá... en otro momento, gracias —respondió ella, intentando sonreír.

—¡Atrápala, Herminia! ¡No la dejes escapar! —gritó una voz ronca desde el fondo del salón.

Algunos parroquianos volvieron la cabeza. El malhechor que había perseguido a Chris se aproximaba renqueando, con una pistola en la mano. Al advertir que le observaban, guardó el arma entre sus ropas.

—Detengan a esa chica —dijo—. Ha intentado robar al señor Larsen.

Chris miró hacia la puerta. El espacio que tenía que recorrer para llegar al exterior, entre la barra y las mesas, estaba abarrotado de clientes, que ni siquiera se habían percatado de la escena. El resto del local lo ocupaban las mesas, e incluso los pasillos entre ellas se hallaban bloqueados por camareros y clientes que esperaban turno o charlaban animadamente con los que estaban sentados. Las tres ventanas en arco de estilo colonial que daban a la galería exterior habían sido abiertas para permitir una mejor ventilación. También afuera, en la galería, todas las mesas estaban ocupadas. En una de ellas, la que se encontraba junto a la ventana central, una joven señora muy elegante y otra mujer de más edad conversaban animadamente mientras bebían su aperitivo.

De pronto, la señora mayor se interrumpió en su relato. Algo estaba sucediendo en el interior del café. Se diría que una especie de tumulto.

—¿Qué ocurre ahí dentro, Merceditas? —preguntó a su acompañante.

La joven señora volvió la cabeza, cuidando de hacerlo con cierta discreción. Los parroquianos se ponían de pie, algunas sillas habían caído al suelo y una muchachita de malas trazas saltaba sobre las mesas, esquivando las manos que intentaban detenerla. El murmullo se iba transformando en un griterío. La chica dio dos o tres saltos y quedó frente a ellas, al otro lado de la ventana abierta. Sin inmutarse, la anciana señora recogió su copa antes de que Chris pisara el mantel y luego saltara al suelo, echando a correr hacia el jardín.

—Muy desagradable... —comentó la señora mayor.

—Estos chicos norteamericanos no tienen educación —dijo la más joven.

—Y el Café Márquez ya no es lo que era —sentenció la otra.

La joven señora asintió, mientras contemplaba cómo la muchacha de tejanos cruzaba la avenida sin dejar de correr y se perdía entre los senderos de la plaza.

EL TAXI TOMÓ POR UNA calle lateral, cuyo pavimento mostraba agujeros y rajaduras de diverso tamaño. A los lados, grises muros industriales se intercalaban con predios urbanos o grupos de casas modestas. Chris observaba por la ventanilla, con el corazón encogido. Hacía más de dos años que su hermano Tom había abandonado una casita igual a aquéllas, en los Estados Unidos, en busca de lo que él llamaba «un sitio decente donde vivir». ¿Estaría viviendo ahora en aquel barrio marginal de San Juan de Puerto Rico? Y si así era, ¿qué habría ocurrido con sus ilusiones... y con su carácter?

El coche se detuvo frente a un gran aparcamiento de camiones, que ocupaba toda una manzana. Al fondo había varios almacenes, y a un lado un edificio de oficinas de construcción moderna. «Hartmann, Velázquez y Cía. - Transportes», rezaba un cartel sobre la puerta vidriera. Una media docena de camiones estaban estacionados en la explanada, y un grupo de hombres morenos se ocupaban de descargar otro. Todos los camiones, pintados de color azul, llevaban en los laterales las señas de la compañía en letras blancas con filetes dorados.

70

—Hemos llegado, señorita —anunció el conductor del taxi.

—¿Está seguro de que es aquí? —preguntó Chris, desconcertada.

—Ésta es la dirección que usted me dio. —El hombre la miró por el espejo retrovisor—. Me debe dos dólares y medio...

—Le pagaré —aseguró la chica—. Sólo que... esperaba que fuera una casa particular.

—Lo siento, le habrán dado mal las señas. Esto es una compañía de transportes...

Chris hurgó en sus bolsillos, buscando la arrugada carta de Tom. El taxista, que había vuelto la cabeza hacia ella, vio el fajo de billetes de cinco dólares que Ted había entregado a la chica por la mañana. Quizá no fuera una fortuna, pero bastante para alquilar un taxi durante varios días. La expresión y la voz del hombre se dulcificaron:

—¿Quiere usted que la lleve de regreso al hotel, señorita?

—No lo sé... —dijo Chris. La dirección escrita en la carta coincidía con la que campeaba en el edificio de «Hartmann, Velázquez y Cía.» y pintada en las puertas de cada uno de sus camiones—. ¿Puede esperarme un momento, por favor?

—Todo el tiempo que usted quiera, señorita.

En las oficinas de la empresa de transportes la atendió un joven muy amable y bien dispuesto. Por supuesto que conocían a Tom Parker. Había trabajado con ellos hasta una semana antes, como jefe de tráfico. Un buen empleo, por cierto; aunque tal vez no lo bastante bueno para un norteamericano. No, Tom no había dejado su nueva dirección. Pero si ella permanecía en Puerto Rico, le comunicarían cualquier noticia que tuvieran sobre él.

Conociendo a Tom, era una posibilidad demasiado vaga, pensó Chris. Agradeció al joven su solicitud, pero no le dio las señas del hotel. De todas formas, pensaba dejarlo aquella misma tarde.

Salió del edificio, y el fuerte sol que caía en aquellos momentos la obligó a cerrar los ojos y dar unos pasos a ciegas.

—Señorita Parker...

Se volvió vivamente, al oír que la llamaban por su nombre. El conductor del camión que estaban descargando se acercaba a ella con paso cachazudo. Le había visto antes, sentado a un lado de su vehículo, y él también la había mirado al pasar. Era un hombre corpulento, de unos cincuenta años, cuya piel oscura resaltaba sobre la blanca camiseta sin mangas, manchada de sudor. Sonreía abiertamente, mostrando un diente de oro bajo los espesos bigotes grises.

—Usted es Chris Parker, ¿no es así? —insistió.

El sol incendiaba la cabeza de Chris, y le impedía pensar con claridad. El taxi la esperaba en el camino, a unos diez metros, como flotando en el aire tórrido de la tarde. El hombre se aproximó un poco más, y uno de los cargadores le gritó algo, en español, en tono jocoso. Él no contestó, y siguió dirigiéndose a la chica, en su mal inglés:

—Yo era amigo de Tom. Él me habló mucho de usted..., de su hermana Chris. Al verla llegar, comprendí quién era. Tiene los mismos rasgos que él. En femenino, claro...

¿El destino?, se preguntó Chris. ¿Por qué no? Fuera quien fuese el que manejara los dados de la suerte, era ya hora de que le echara una mano.

—¿Qué le decía Tom de mí?

El camionero bajó los ojos y sus dedos comenzaron a jugar con los bordes de la camiseta, que asomaban sobre el cinturón.

—Oh, él me hablaba muy bien... Decía que usted había tenido problemas allá. Pero que él trabajaría mucho, para ayudarla...

Chris sintió con emoción que una bola se formaba en su estómago y subía apretándole el pecho y atenazando su garganta.

—Y él... Tom, ¿tiene problemas? —preguntó con dificultad—. ¿Por qué se fue de aquí?

—No, no tuvo problemas —dijo el hombre con seguridad—. Se fue porque quiso. —Miró a un lado y a otro, instintivamente—. Tom era demasiado bueno para este sitio, ¿sabe usted?

—Me lo figuro —suspiró Chris—. ¿Sabe dónde está ahora?

—Ahora no lo sé —rió, y el diente dorado brilló en el sol—. Pero puedo averiguarlo. Dígame dónde puedo encontrarla.

—Yo le llamaré. Déme el número de su casa.

El hombre esbozó un gesto de contrariada humildad.

—No tengo teléfono en la casa, señorita... —murmuró—. Somos gente pobre. Pero puede llamarme aquí, a la compañía.

—De acuerdo —dijo Chris, excitada—. ¿Cuándo podrá darme noticias?

—Pues, digamos... En una semana.

—Imposible, es demasiado tiempo.

El camionero volvió a sonreír.

—Estos gringos siempre tienen prisa —comentó sin malicia—. Está bien, llame dentro de tres días. Pregunte por García. Soy yo.

—No lo olvidaré, García. Dentro de tres días. ¿Cree que ya sabrá algo de Tom?

—¿Quién sabe, señorita? Hay que confiar en Dios.

Con cierta timidez, el hombre le tendió la mano. Cuando Chris se la estrechó, hubo un coro de silbidos que llegó desde la parte trasera del camión. García bajó la cabeza y se revolvió el pelo con la mano libre.

Mientras el taxi emprendía el regreso al hotel, Chris hizo un esfuerzo para intentar explicarse cuál era realmente su situación. En primer lugar, debería averiguar de alguna forma qué había ocurrido con Ted Konia. El muchacho había quedado atrapado en manos de Larsen, y ella ahora se sentía culpable por haber huido dejándolo en aquella situación. ¿Qué podía hacer? Era absurdo pensar en recurrir a la policía. Si por lo menos hubiera encontrado a Tom... ¿Por qué le había dado su hermano la dirección del trabajo, y no la de su casa? Y de todas formas, ¿por qué había abandonado ese trabajo pocos días antes? ¿Y qué papel jugaba García en todo aquello? Eran demasiadas preguntas para una sola muchacha en un solo día.

73

El taxi se detuvo frente al hotel. Era un hotel discreto, de categoría intermedia, situado en una callejuela comercial de la zona céntrica. Ted lo había escogido porque la mayor parte de sus huéspedes eran jóvenes turistas sin mucho dinero, que visitaban la isla por unos pocos días, en grupos o en parejas. Él y Chris podían pasar desapercibidos en aquel sitio.

Mientras pagaba al taxista, dejándole medio dólar de propina, Chris decidió que sólo entraría para recoger sus cosas y pagar la cuenta. Sería peligroso permanecer allí, si los secuaces de Larsen la estaban buscando. Sin duda, el gordo dueño del Café Márquez tenía recursos para lograr que Ted «cantara» aquella dirección.

Entró en el vestíbulo confundida con un grupo de turistas, y se dirigió a la recepción para pedir que le prepararan la cuenta.

—Un caballero la espera, señorita Parker —dijo el conserje.

Chris se volvió, dispuesta a salir a escape, y topó con un hombrecillo de gafas oscuras y fino bigote, que le sonreía amablemente.

—¿Señorita Parker? Soy el teniente Urquijo, de la policía estatal. ¿Puedo hablar un momento con usted?

Ya estaba. Todo había terminado. La policía por fin le había echado el guante, ocho meses después de su última fuga. En cierto sentido, era todo un récord. Las muchachas del reformatorio lo celebrarían como una hazaña. Y quizá fuera mejor así... Aunque tal vez aún pudiera librarse. Aquel teniente no parecía muy sólido. Si le daba un empujón y echaba a correr... Instintivamente, su mirada se dirigió hacia la puerta que daba a la calle. Apoyado en una de las columnas, un hombretón fornido leía un periódico con tal aire de indiferencia que hasta un niño hubiera podido adivinar que se trataba de un policía.

—Lo que usted diga, teniente —se oyó decir—. Estoy a su disposición.

—Es usted muy amable. Sólo deseo hacerle algunas preguntas —dijo el hombrecillo con formalidad—. Estaremos más cómodos en aquellos sillones.

Cruzaron el vestíbulo y se dirigieron a un grupo de sillones de mimbre trenzado, colocados en semicírculo frente a un televisor apagado. El teniente Urquijo esperó a que Chris se hubiera sentado, y se instaló frente a ella. El hombre que estaba junto a la puerta dobló su periódico y se aproximó. Sin decir palabra, ocupó otro de los sillones.

—Mi colega, el sargento Ray —presentó Urquijo con su habitual cortesía.

—Hola —gruñó el hombre, llevándose dos dedos a la frente.

—Hola —dijo Chris.

El teniente extrajo una libretita en la que tenía ya algunas anotaciones, y un reluciente bolígrafo dorado.

—Parker, como usted —dijo, haciendo saltar la punta retráctil.

Chris procuró sonreír.

—Yo no soy de esos Parker —aclaró.

—Lo suponía —dijo el teniente con naturalidad. Y luego, sin cambiar de tono, lanzó la primera pregunta a bocajarro—: ¿Conocía usted a Ted Konia?

La chica, que había pasado otras veces por aquello, respondió con otra pregunta, procurando que sonara sincera:

—¿Le ha ocurrido algo a Ted?

Urquijo intercambió una significativa mirada con el sargento Ray.

—Bien... yo diría que sí —respondió—; luego hablaremos de eso. ¿Lo conocía usted, señorita Parker?

—Le conocí en el avión que me trajo aquí. Es un joven muy agradable, y fue él quien me recomendó este hotel. Como ya deben saber, se alojaba aquí.

Eran dos datos que la policía podía comprobar fácilmente. Por lo menos el teniente Urquijo asintió, consultando sus notas. Chris se felicitó por haber exigido a Ted que tomaran habitaciones separadas.

—¿Le dijo él a qué venía a San Juan?

—No particularmente. Ya sabe usted cómo piensan los

hombres: creen que a las chicas jóvenes nos aburre que hablen de negocios.

Procuró decir esto en tono divertido, y el bigotillo de Urquijo se curvó en una fugaz sonrisa.

—¿A qué vino usted a San Juan, señorita Parker? —preguntó después.

—A visitar a mi hermano Tom —respondió Chris sin vacilar. El teniente parpadeó con cierta sorpresa—. Tom y yo somos huérfanos y no nos vemos desde hace tiempo. Últimamente me escribió desde aquí, dándome la dirección donde trabajaba: la empresa de transportes Hartmann y Velázquez. —El policía asintió con un leve gesto—. Esta mañana fui a buscarle allí, pero se ha marchado hace unos días, sin dejar señas.

El teniente y el sargento se consultaron con la mirada.

—Lo lamento —dijo Urquijo—. Si en algo podemos ayudarla...

—Me gustaría encontrar a mi hermano —dijo Chris con tono sincero—. Para eso he venido aquí.

—Tal vez podamos hacer algo —prometió el sargento Ray.

—¿Cuál es su dirección en el continente, señorita Parker? —preguntó de pronto Urquijo.

Era una buena pregunta, colocada en el momento adecuado. Pero Chris tenía preparada la respuesta. Sin dudar, dio las señas de Bárbara Clark, su antigua profesora del reformatorio.

—Es una prima de mi padre —explicó—, vivo con ella desde que murió mamá.

Confiaba en que el teniente no se molestaría en comprobar aquella información. Y, en efecto, Urquijo ni siquiera tomó nota de ella. Cerró su libreta, la guardó en el bolsillo y se puso de pie.

—Si no le importa, señorita Parker —dijo—, tendrá que acompañarnos.

8

EL SARGENTO RAY CONDUCÍA lentamente y con sumo cuidado, actitud inusual en un policía. Sentada a su lado en el coche patrulla, Chris contemplaba a través del parabrisas la hermosa capital isleña, cuyas calles y plazas se hacían más sugestivas a la luz entre violácea y dorada del atardecer. Pensó que en otra situación hubiera disfrutado del espectáculo. El teniente Urquijo, que ocupaba el asiento trasero, se había inclinado hacia delante, apoyando los brazos en el respaldo del asiento de Chris. Su humanidad olía a tabaco y a agua de colonia vulgar, pero suave. Comenzó a hablar de pronto, con su tono educado de pronunciación cuidadosa:

—Encontramos a su amigo hace unas horas, tendido en medio de un basurero, en las afueras. Si allí cerca hubiera vías férreas, podría pensarse que una locomotora le había pasado por encima...

—¿Un accidente? —preguntó Chris, con un hilo de voz.

—Una paliza —masculló el sargento, deteniendo el coche ante un semáforo en rojo—. La más gorda que yo recuerde, y he visto muchas.

77

—¿Quién pudo...? —balbuceó la chica, recordando los rostros patibularios de los secuaces de Larsen.

—Eso es lo que queremos averiguar —dijo Urquijo—. Es seguro que no se trata de ladrones. El chico llevaba encima su cartera, con casi mil dólares en efectivo.

—Y tenía varios miles más en su habitación —agregó el sargento Ray—. Un chico con tanta pasta no se aloja en un hotelito como ése, si no es por algún motivo.

Chris escuchaba sin dejar de mirar hacia delante y procurando mantener su rostro y su cuerpo totalmente inexpresivos. «Cuando los polis se dedican a dar explicaciones, es porque están montando la trampa», le había dicho alguien alguna vez.

—Hay algunas conjeturas —dijo el teniente Urquijo, hablando sobre el hombro de Chris—. Una, que él hubiera robado ese dinero en el continente, y sus cómplices de aquí decidieran quedarse con todo. Algo les asustó en el basurero, y huyeron antes de coger la cartera.

El sargento rió entre dientes.

—¿Dónde estudió usted para policía, teniente? Ninguna pandilla organizada se molestaría por tan poco dinero.

—Sólo menciono la posibilidad, para descartarla —dijo Urquijo, un tanto amoscado—. Pero estoy de acuerdo con usted, sargento: la paliza que recibió ese muchacho no tiene relación con el dinero que llevaba encima, ni con el que tenía en su habitación. El motivo fue otro, y tenemos que averiguarlo.

—Drogas —dijo Ray—. Apostaría mi paga de un año a que se trata de un sucio asunto de drogas.

El coche dobló hacia la derecha y se introdujo en un sendero ajardinado, frente a un gran edificio cuadrangular. Chris suspiró con relativo alivio. No la llevaban a la jefatura, sino al Hospital del Estado, según rezaba en el letrero luminoso de color verde situado sobre el techo voladizo de la entrada.

—Vamos a subir a ver a Ted —anunció el teniente Urquijo—. Usted es la única testigo de que disponemos para su identificación. Existe la posibilidad de que no sea él, sino alguien que se apoderó de su cartera y de sus documentos.

—¿Lo cree realmente? —preguntó Chris, bajando del coche.

—No, no lo creo —dijo el policía—. Pero en nuestro trabajo nunca está de más asegurarse.

«Está mintiendo como un condenado polizonte», pensó la chica. Todo lo que quería era colocarla frente al cuerpo destrozado de Ted Konia y estudiar sus reacciones. Si el pequeño y relamido teniente conocía su trabajo, a esas horas ya debía saber perfectamente que Ted Konia era quien era, que pertenecía al ambiente de reducidores de joyas robadas y que había sido el secretario-guardaespaldas de un conocido joyero muerto dos días atrás en extrañas circunstancias. Le bastaba con telefonear a sus colegas del continente. Posiblemente, también sabía que ella era una reclusa escapada del reformatorio, y había montado toda aquella farsa para obtener información, antes de entregarla al Departamento de Menores.

—Espero que no... —murmuró para sí, mientras subían en el ascensor.

—¿Decía algo, señorita Parker? —preguntó el sargento Ray, junto a ella.

—Que espero que Ted salga bien librado —dijo Chris—. Parecía un muchacho tan alegre...

—¡Oh, no se preocupe! Tiene todos los huesos rotos, pero vivirá. Si es que a lo que le espera se le puede llamar vivir...

—Basta ya, sargento —ordenó Urquijo—. ¡Vamos!

El ascensor se había detenido en el quinto piso. Las puertas se abrieron automáticamente, con un leve chirrido. Una enfermera silenciosa surgió de una pequeña cabina de cristal y trotó hacia el teniente Urquijo, saludándole con una especie de reverencia. Murmuró la palabra «Konia» y el policía asintió con la cabeza. La mujer, que era madura y robusta y parecía muy eficiente, tomó la delantera atravesando la puerta encristalada que daba a un largo corredor. Chris, al pasar, leyó las letras impresas sobre el cristal: «UNIDAD DE CUIDADOS INTENSIVOS — Silencio — Sólo personal autorizado». El sargento Ray sostuvo galantemente la puerta para que ella pasara, y luego ambos avanzaron con pasos modosos sobre el inmaculado suelo del corredor. Urquijo y la enfermera iban unos tres metros más adelante, cuchicheando entre sí. El mundo, la ciudad tropical y el resto del hospital parecían no existir en aquel espacio aséptico y mudo, donde un simple suspiro hubiera sonado como un vendaval.

El corredor terminaba en otra doble puerta de vaivén, cuyos cristales eran opacos. «No pasar», ordenaba un nuevo letrero. Y una flecha luminosa indicaba un nuevo pasillo, a la izquierda. Allí había una especie de pequeño atrio, con un banco de metal y una cristalera rectangular que dejaba ver el interior de la unidad de cuidados intensivos. Urquijo hizo un gesto a Chris, indicándole que se acercara. A través del cristal se veía una alta camilla niquelada, rodeada de aparatos y sensores electrónicos. Las sábanas eran verdes. Los aparatos desplegaban una intensa actividad silenciosa. Dibujaban gráficos luminosos en dos pequeñas pantallas de televisión, hacían oscilar agujas muy finas sobre cuadrantes graduados, encendían y apagaban señales de luz amarilla y roja en los diversos tableros. Una red de cables los conectaban al cuerpo y la cabeza de Ted Konia, que era quien yacía entre las sábanas verdes, en estado de inconsciencia. Una botella de suero colgaba sobre su brazo izquierdo. Tenía una sonda de oxígeno metida en la nariz y un tubo aspirador entre los dientes. Su rostro estaba hinchado y amoratado. Los trozos de piel que dejaban libres las vendas y los hematomas eran de un blanco ocre, como viejos retazos de periódico.

—¿Es él? —susurró el teniente Urquijo.

—Sí, es Ted —dijo Chris, ahogando un sollozo.

—Aún no ha recuperado el conocimiento. Y aunque lo hiciera, no nos permitirán interrogarle hasta dentro de unos días. —El teniente tomó a Chris por el brazo y la alejó de la ventana de cristal—. ¿Cuáles son sus planes, señorita Parker?

—Pienso que dependen de usted —respondió Chris, desconcertada.

Urquijo se quitó las gafas oscuras y la contempló por un momento con sus oscuros ojillos de miope.

—No tenemos nada contra usted —dijo por fin—. Pero debo rogarle que no abandone San Juan por unos días. Y si piensa cambiar de hotel, no deje de avisarnos.

—¿Libertad vigilada? —preguntó la chica.

—Le repito que no hay cargos contra usted. Pero es posible que necesitemos su testimonio, si el caso se complica.

—Comprendo —murmuró Chris—. De todas formas, pensaba quedarme aquí hasta encontrar a mi hermano.

—Le deseo suerte —dijo el teniente, tendiendo a la chica su mano morena y firme—. El sargento Ray la llevará hasta su hotel.

PASADA LA MEDIANOCHE, CHRIS aún no había logrado conciliar el sueño. Daba vueltas en la cama, mientras las tenebrosas imágenes de todo lo que había vivido en los dos últimos días giraban una y otra vez en su cabeza. A través de las rendijas de la persiana, la luz intermitente de un cartel de Panamerican penetraba incansablemente en la habitación, tiñendo la oscuridad de rojo. El timbre del teléfono sonó con insistencia, siguiendo el ritmo del letrero luminoso. Chris se decidió por fin a levantar el auricular.

—¿Qué le contaste a esa rata de Urquijo?

La voz sonaba lejana y sorda. Sin duda su dueño utilizaba el truco del pañuelo.

—Nada... —se apresuró a responder la chica—. No le dije nada.

—Hum... pronto lo sabremos —dijo la voz—. Ahora escucha, gatita: vas a salir de San Juan en el primer avión de mañana. No te queremos rondando por aquí. Sabes demasiado. Si has visto a Ted Konia, ya tienes una idea de lo que te espera. Sólo que tú no irás al hospital, sino a la morgue, donde debería estar él.

—Oiga, por favor... Yo...

Al otro lado de la línea cortaron la comunicación. Chris hizo un gesto de rabia impotente y colgó el auricular. No debía dejarse intimidar, pensó. Pero aquellos tipos no eran de la clase que amenaza en vano. Y, efectivamente, ella representaba algo así como una carga de dinamita ambulante. Sabía que los hombres de Larsen eran quienes habían golpeado a Ted, dejándolo por muerto; sabía que el Café Márquez era la tapadera de una organización de ladrones de joyas y asaltantes de bancos; sabía que el propio Larsen era el cerebro de aquella organización... Sin duda sabía demasiado, como había dicho la voz por teléfono. Quizá lo más prudente fuera seguir su consejo y desaparecer. Si permanecía allí, Larsen o Urquijo terminarían atrapándola. Sí, lo mejor sería regresar al continente; tenía algunos amigos allí. Tal vez su dinero no le alcanzara para el billete de avión, pero ahora recordaba que le habían dicho en una ocasión que una compañía marítima hacía la travesía hasta Miami por poco dinero. Sí, lo primero que haría por la mañana sería ir al puerto y enterarse de ello. Una vez allí, ya se las arreglaría...

En su duermevela, surgió de pronto la imagen de su hermano Tom, con el mechón de pelo rojizo sobre la frente y la sonrisa cálida. Sintió un deseo físico, casi doloroso, de abrazarlo y de que él le pasara la mano por el cabello, como solía... Tom... Por él había llegado hasta allí, en busca del hermano perdido, que ahora dormiría en algún punto de aquella misma ciudad, quizá muy cerca. Recordó las palabras de García, el camionero: «Él hablaba muy bien de usted... Decía que trabajaría mucho, para ayudarla...» Su querido Tom. Decidió que cambiaría de hotel y permanecería dos días más en San Juan, hasta volver a hablar con García. Sólo cuarenta y ocho horas. Los hombres de Larsen no la encontrarían en ese plazo, si ella andaba con cuidado; y tampoco Urquijo habría interrogado aún a Ted... Sí, era una decisión razonable, dadas las circunstancias.

El sueño la fue envolviendo lentamente, poblándose de dulces imágenes de su reencuentro con Tom. La luz del letrero de Panamerican que penetraba a través de las rendijas de la persiana comenzaba a disolverse en el brillo dorado del amanecer del Caribe.

Despertó pasado el mediodía. Reunió rápidamente sus ropas y las metió en su bolsa de viaje. Pagó la cuenta y abandonó el hotel, con un suspiro de alivio. Durante más de dos horas vagó por la ciudad, sin rumbo fijo. Pasó por la plaza situada frente al Café Márquez, pero no se atrevió a cruzar la avenida. Se fue al puerto y averiguó el precio del billete a Miami. Tenía bastante dinero para pagarlo, y también para alojarse y comer discretamente durante dos días. Esa comprobación la tranquilizó. Su pequeño plan era realizable. Para celebrarlo, decidió dedicar dos dólares a tomar una cerveza y unos bocadillos. Escogió un bar cercano a los muelles, concurrido por estibadores y marineros. Había también un grupo de los imprescindibles estudiantes-turistas del continente, que reían y hablaban en voz alta. Uno de ellos dirigió una broma a Chris, pero ante el silencio de ella, no insistió y volvió a enfrascarse en la charla con sus compañeros. La chica ocupó un sitio en la barra, y comió con buen apetito por un dólar y medio. Hacía más de veinte horas que no probaba bocado.

En un rincón del bar había una cabina telefónica. Chris pensó que debía comunicar al teniente Urquijo que había dejado el hotel. Una forma de no tener problemas era cumplir con las normas.

—Soy Chris Parker, teniente.

—¡Ah, señorita Parker! ¿Le han telefoneado ya?

Chris soltó un respingo y no supo qué contestar. ¿Cómo podía saber aquel hombre que había recibido una amenazadora llamada nocturna?

—¿Telefonearme? Yo... No sé quién podría telefonearme...

—Me refiero al amigo de su hermano. Aquel que intentaría averiguar su nueva dirección.

Los tensos músculos de Chris se aflojaron lentamente.

—Oh, no, teniente. Aún no he hablado con él. Lo que quería decirle es que he dejado el hotel.

—De acuerdo, es una medida prudente. ¿Dónde se aloja usted ahora?

—Pues... La verdad es que aún no lo sé.

—Tiene que decírmelo, señorita Parker, es por su propio bien.

—Es que realmente no lo sé... No conozco la ciudad, y no dispongo de mucho dinero... Quizás usted pueda sugerirme algo.

—Si le parece bien, puede ir al Excelsior, en la calle Santa María. Allí podrá dormir tranquila.

—¿A qué se refiere?

—Oh..., a que es una zona muy silenciosa y apacible. Además... hay una comisaría en la acera de enfrente.

—Comprendo —dijo Chris—. Allí estaré, si me necesita.

—Perfecto. Y recuerde: no deje de avisarme si encuentra a su hermano.

—Descuide, teniente. Usted será el primero en saberlo.

Salió de la cabina telefónica, cogió su bolso y preguntó por la calle Santa María al chico que hacía de camarero. Amablemente, el chico la acompañó hasta la puerta y salió con ella a la acera para darle una explicación más completa. El hotel Excelsior no quedaba demasiado lejos. Debía atravesar nuevamente la zona céntrica y encontrar una oficina de correos. Allí, torcer a la derecha y subir unas tres manzanas. Reconocería fácilmente el hotel, pues se hallaba justo delante de la comisaría. «Eso ya lo sé», pensó la chica. Dio las gracias al muchacho y comenzó a andar, a lo largo del puerto.

Al día siguiente pensaba llamar a García. Tenía la intuición de que el camionero conseguiría averiguar el paradero de Tom, y pronto podrían abrazarse y sentarse en torno a la mesa familiar, junto a Janie y los chicos. Quizá también invitaran a García, que haría bromas ingenuas en su mal inglés, mostrando el diente de oro. Entonces, Ted Konia, Larsen, el teniente Urquijo y toda aquella historia serían sólo una antigua pesadilla, una aventura más de las muchas que le había tocado vivir en su corta vida. Realmente, no le parecía que Urquijo tuviera cargos contra ella, ni intenciones de investigar mucho más sobre su situación. Tampoco Ted, cuando recuperara el sentido, ganaría nada complicándola en el asunto de Landley, Larsen y la máscara de Ichita. El haber utilizado como cómplice a una muchacha menor de edad escapada del reformatorio no era algo que a él le conviniese que se hiciera público. En cuanto a Larsen y su pandilla, sólo era cuestión de tiempo. Cuando comprobaran que no los había denunciado a Urquijo, la dejarían en paz. Y, en todo caso, Tom estaría a su lado para protegerla.

Estos pensamientos tranquilizadores ocuparon la mente de Chris durante buena parte del trayecto. Por primera vez en muchas horas, sintió una especie de reconfortante esperanza. Compró un periódico local y echó una ojeada a la página de sucesos, mientras esperaba ante un semáforo rojo. No había ninguna noticia sobre el caso. Sin duda, Urquijo había sabido despistar a los muchachos de la prensa.

El semáforo encendió su luz verde, pero un automóvil se detuvo bruscamente frente a la chica, impidiéndole el paso. El conductor sacó su cabeza por la ventanilla. Tenía un rostro cuadrado y chato, de boxeador, que a Chris le resultó vagamente conocido.

—Has perdido tu avión, gatita —gruñó con voz malévola—. Te advertimos que era tu única oportunidad.

Chris sabía cuál era ahora su única oportunidad: echar a correr con todo su aliento.

Pero otro hombre bajó por la puerta trasera y le cortó la retirada. Encerrada entre el coche y la pared, Chris logró esquivar el primer intento del gorila por agarrarla. Un tercer hombre había descendido por el lado opuesto, y rodeando la parte trasera del coche avanzaba hacia ella. Si no se abría la tierra bajo sus pies, Chris estaba atrapada.

9

ENTONCES SE LE OCURRIÓ aquella idea desesperada. Se agazapó para evitar el manotazo del maleante y, sin pensarlo dos veces, saltó al interior del coche por la puerta que había quedado abierta. Ante la mirada atónita del conductor, se escurrió sobre el asiento trasero, abrió la portezuela opuesta y descendió en medio de la calle. Los dos hombres que estaban en la acera vacilaron un instante, paralizados por la sorpresa. Chris aprovechó su estupefacción, y el hecho de que el tráfico estuviera detenido por el semáforo, para cruzar la calzada sorteando los coches. Una vez al otro lado, echó a correr en dirección contraria, sin volver la cabeza. No necesitaba hacerlo para saber que los dos maleantes ya iban tras ella.

Mientras corría, advirtió que estaba huyendo en sentido opuesto al hotel Excelsior y la protectora comisaría. Debía intentar cambiar de rumbo. Dobló en la primera esquina, tratando de orientarse. Podía oír los pasos de sus perseguidores repicando sobre la acera. Impulsada por la intuición, entró en un gran edificio de oficinas. Había un grupo de gente frente a uno de los ascensores. Chris se confundió entre ellos. Al cerrarse las puertas automáticas, vio a sus perseguidores que llegaban jadeando, pero las puertas se cerraron ante sus narices. Chris descendió en el quinto piso y bajó por las escaleras hasta el tercero. Allí cogió otro ascensor y se dejó llevar hasta el aparcamiento, situado en el subsuelo. Dos muchachas jóvenes, al parecer empleadas de alguna de las oficinas, bajaron junto con ella. Parloteaban de amoríos y problemas con el jefe. Chris las seguía a medio metro de distancia, sin que ellas le prestaran atención. Se detuvieron entre dos coches a proseguir su interminable conversación. Chris, agotada, se detuvo a tomar aliento detrás de un inmenso Cadillac. En ese momento, el ascensor volvió a bajar y uno de los maleantes salió de él. Aún no la había visto, pero sin duda la encontraría. Las muchachas habían subido a un pequeño automóvil deportivo, que maniobró para salir de su plaza y se detuvo un instante frente a la rampa de salida. Sin vacilar, Chris saltó al interior.

La chica apoyó algo en la nuca de la rubia que conducía.

—Acelera, cariño —ordenó—. No tengo tiempo para explicaciones.

La rubia hizo lo que le ordenaban. Su amiga, aterrada, ni siquiera volvió la cabeza. De haberlo hecho, hubiera advertido que lo que Chris empuñaba era un tubo de pasta dentífrica.

El pequeño coche tenía un motor eficaz, y trepó la rampa como una exhalación. A la salida había un cubículo encristalado y una barrera de madera pintada a rayas blancas y rojas. Chris se volvió para mirar atrás. El gorila de Larsen corría tras ellas, asiendo algo parecido a un tubo en la mano derecha. Aquella gente no se andaba con remilgos.

—No te detengas —susurró en el oído de la rubia—. Sal a la calle por el carril de entrada.

Aquella muchacha tenía reflejos rápidos y sabía conducir. Hizo saltar el coche sobre el bordillo y lo metió en el otro carril, girando sobre dos ruedas para tomar la curva de salida o, mejor dicho, de entrada, a dos milímetros del guardarraíl. Chris se perdió la maniobra, pues estaba observando a su perseguidor, que se detuvo junto a la garita de la caja, dobló ligeramente las piernas bien abiertas y empuñó la pistola con ambas manos.

Entonces disparó.

Pese al silenciador, el aire pareció desmoronarse. Un agujero de dos centímetros estalló en el cristal trasero y se repitió en el parabrisas, que se resquebrajó como una lámina de escarcha.

—Lleva una Magnum, el hijo de puta —dijo Chris.

—Es más eficaz que un tubo de pasta dentífrica —dijo la muchacha morena, que había tenido ocasión de apreciar el calibre del arma de Chris.

Con un suspiro, la chica guardó su «arma» en el bolso y mostró una sonrisa de circunstancias. La rubia, imbuida de su papel, sacó el coche del aparcamiento, esquivó por milagro un autobús, se saltó un semáforo en rojo y sólo disminuyó la marcha unos quinientos metros más adelante, en pleno centro de la ciudad.

—¿Estás en apuros? —preguntó, calmosa, atendiendo al ritmo del tránsito.

—Digamos que esto no me ocurre todos los días —dijo Chris.

—A nosotras tampoco —dijo la morena, tomando una gran bocanada de aire por la ventanilla.

—Lo siento por vuestro coche —comentó Chris—. Ese bruto os ha arruinado los cristales.

—No te preocupes. Tengo un seguro contra todo riesgo —dijo la rubia.

—Y mañana tendremos algo que contar en la oficina —agregó la otra.

La dejaron en la puerta del hotel Excelsior y se despidieron como viejas amigas. El policía que estaba de guardia en la puerta de la comisaría observó la escena con indulgente complicidad. Más tarde, mientras se desvestía para acostarse, Chris observó una vez más, por la ventana, el ajetreo rutinario de la comisaría. De momento, el hombre de la Magnum había perdido la partida, pensó antes de apagar la luz.

Las horas del día siguiente transcurrieron con exasperante lentitud. La habitación era confortable y luminosa, y Chris sólo salió de ella a mediodía, para comprar el periódico y tomar un bocado. Mientras comía unos huevos con jamón en un bar de la misma calle Santa María, echó un vistazo al periódico. Entonces vio la noticia, pequeña, en una de las páginas interiores:

JOVEN NORTEAMERICANO MUERTO EN EXTRAÑAS CIRCUNSTANCIAS

Un joven turista proveniente del continente, cuya identidad se desconoce, falleció anoche en la unidad de cuidados intensivos del Hospital del Estado, a consecuencia de una hemorragia interna. Según pudo averiguar uno de nuestros reporteros, el desconocido había sido encontrado por la policía dos días atrás en estado de coma, a causa de los brutales golpes que había recibido. Fuentes policiales dejaron trascender que podía existir una relación con el tráfico ilegal de estupefacientes. Pero el oficial encargado de la investigación, teniente Sebastián Urquijo, aseguró esta madrugada a los informadores que no existía ninguna pista que confirmara esa suposición, ni tampoco datos que permitieran establecer la identidad del joven fallecido, por lo cual el caso quedaba cerrado.

Chris leyó el recuadro una y otra vez, sin poder creer ni comprender su significado. Si Ted había muerto, ¿por qué Urquijo no le había avisado? ¿Y por qué no había revelado a la prensa el nombre del muchacho, cuya identidad conocía perfectamente? ¿Habría Larsen sobornado al teniente, con el fin de tapar el asunto? Urquijo tenía todas las trazas de un policía honesto e incorruptible, pero Chris había leído en alguna parte que todo hombre tiene un precio. ¿Y cómo era posible que Ted hubiera sufrido una hemorragia fatal, cuando los médicos habían asegurado que su vida no corría peligro?

De pronto, las inquietantes preguntas dieron lugar a un creciente sentimiento de angustia. Recordó el rostro juvenil de Ted, sus aires de gángster de película, sus torpes intentos por seducirla y sus ingenuos sueños de grandeza. Después de todo, él se había dejado atrapar por Larsen para que ella pudiera escapar, en un último gesto caballeresco y absurdo. Chris se mordió los labios con fuerza, para no echarse a llorar.

DE REGRESO EN SU HABITACIÓN, con la mente hecha un remolino y una indefinible tristeza en el pecho, Chris comenzó a recoger sus cosas y a meterlas en el bolso. Su instinto le decía que no debía permanecer un minuto más en el hotel Excelsior, pero tampoco sabía adónde ir. Cuando terminó de guardar sus escasas pertenencias, se detuvo frente a la ventana, procurando recobrar la calma y aclarar sus ideas. Abajo, junto a la puerta de la comisaría, dos guardias conversaban fumando un cigarrillo. Si Urquijo estaba de acuerdo con Larsen, la tenían cogida en una trampa. ¿Era por eso que el teniente le había recomendado aquel hotel, tan seguro?

Decidió que tenía que averiguarlo, y sólo había una forma de hacerlo. Con gestos nerviosos, marcó el número de la Jefatura de Policía. La telefonista le respondió que el teniente Urquijo no estaba allí en ese momento. No, tampoco se encontraba el sargento Ray; pero si ella era tan amable de dejar su número...

Chris cortó la comunicación con un gesto de impaciencia. Bien sabían ellos dónde encontrarla, si así lo deseaban. Quizá fuera mejor que no lo hicieran. Buscó en el bolso el trozo de papel arrugado en el que había anotado el teléfono de la compañía de transportes Hartmann y Velázquez.

—¿Está el señor García, por favor?

—¿Qué García? Tenemos varios por aquí.

—Uno que conduce camiones. Es robusto y lleva un diente de oro...

—¡Ah, sí! Es Pancho. Un momento, iré a ver si está en los almacenes. ¿Quién le llama?

—La señorita Parker. Christine Parker.

Esperó durante dos minutos interminables. Por el auricular llegaban voces confusas, el repiqueteo de máquinas de escribir y un rumor distante de camiones. Finalmente, la voz jovial y cantarina de Pancho García:

—¡Señorita Parker! ¡Qué suerte que ha llamado usted, gracias a Dios! ¡Acabo de enterarme de la dirección de su hermano!

Chris no contestó. Las lágrimas, la ilusión, la risa y el alivio sacudían su cuerpo y le impedían articular palabra.

10

PANCHO GARCÍA AVANZÓ hacia ella, cruzando el amplio aparcamiento de camiones bajo una fina llovizna tropical. Sonreía con su sonrisa amplia y confiada, mientras se limpiaba las manos con un trapo lleno de manchas de grasa.

—¡Hola, señorita Chris! —saludó alegremente—. ¿Ha traído su equipaje?

—Aquí cabe todo lo que tengo —dijo Chris, señalando su bolsa.

—Muy bien. Aún disponemos de media hora antes de que salga el camión que va a Ponce. La invito a beber una cerveza en nuestra cantina.

El camionero tomó la bolsa de Chris y echó a andar hacia una pequeña construcción de madera, junto al edificio de las oficinas. Chris le siguió.

—García... —dijo, mientras ambos apresuraban el paso bajo la lluvia—. Sería mejor que me diera usted la dirección de Tom, o su teléfono en Ponce. No quisiera causar más molestias...

El puertorriqueño meneó la cabeza negativamente.

—Imposible, señorita. Sabemos que su hermano vive ahora en Ponce, pero no tenemos sus señas. Roberto la acompañará hasta allá, él sabe dónde encontrar a Tom.

—¿Roberto...?

—Es mi hijo mayor —explicó García con orgullo—. Trabaja como conductor ayudante en nuestros camiones; ahora se lo presentaré...

Al decir esto, el hombre abrió la puerta de la cantina y la sostuvo, sonriente, para que Chris pasara al interior. Se trataba de una habitación prefabricada, con sólo un mostrador, sin taburetes, y tres o cuatro mesas agrupadas en un extremo. Una media docena de hombres bebían cerveza y conversaban con el cantinero, discutiendo sobre la liga de béisbol. Uno de ellos, un muchacho alto y moreno, de unos dieciocho años, se aproximó al ver entrar a Chris y García.

—Éste es Roberto, mi chico —anunció García—. Saluda a la señorita Parker, Roberto.

El muchacho tendió la mano a Chris con un gesto tímido. Sus ojos oscuros, ligeramente alargados, las facciones finas y varoniles, y la blanca sonrisa sobre la tez mate le otorgaban un especial atractivo. Pese a su juventud, era por lo menos una cabeza más alto que su padre y el resto de sus compañeros. Chris no dejó de apreciar estos detalles, mientras tenía brevemente la mano del chico en la suya. Después de todo, era posible que el viaje en camión a través de la isla no resultara tan aburrido como ella pensaba.

Fueron a sentarse los tres en torno a una de las mesitas, y el cantinero trajo las consabidas latas de cerveza.

—Roberto viaja cada dos días a Ponce, en el camión cisterna que conduce Hans Kruger —dijo Pancho—. La semana pasada se encontró allá con su hermano Tom. Cuéntale a la señorita, Roberto...

El chico bebió un sorbo de cerveza y luego miró francamente a Chris, mientras se secaba los labios con el dorso de la mano. Chris comprobó que aquellos ojos oscuros, rodeados de largas pestañas, tenían un indudable atractivo.

—Me encontré con él cerca del puerto, y me invitó a tomar un vaso de ron. Me preguntó por papá y sus otros amigos de aquí... —relató el muchacho.

—¿Te habló de mí? —preguntó ella, sin poder contenerse.

—No, señorita —dijo Roberto, bajando los párpados—. Sólo lo vi unos minutos, y me habló de su nuevo trabajo, en una compañía naviera. Afirmó que se encontraba muy a gusto. Quedamos en que cuando volviera a Ponce, le buscara en aquel sitio, para darle noticias de aquí. Claro, yo aún no sabía que usted vendría a hablar con mi padre, señorita.

—Comprendo... —dijo Chris. Y agregó impulsivamente—: Puedes llamarme Chris, Roberto. Ya que seremos compañeros de viaje...

El muchacho asintió, sonriendo, y su padre se sintió obligado a intervenir:

—La cosa es muy sencilla, señorita Parker. Cuando lleguen a Ponce, Roberto la acompañará hasta el sitio ese que suele frecuentar su hermano. ¡Ja! —El camionero exhibió su diente de oro—. ¡Lamento perderme la cara que pondrá el viejo Tom cuando la vea allí! ¡Me gustaría saber cuál será su reacción!

—A mí también —musitó Chris para sí.

Entonces se presentó Hans Kruger, dispuesto a partir hacia Ponce. Era de origen alemán, y su aspecto no dejaba ninguna duda acerca de su ascendencia. De unos cuarenta años, complexión atlética y piel tostada por el sol. Su cabello, de un rubio casi blanco, se hacía ralo sobre la frente y en la coronilla, cosa que el hombre parecía querer compensar con un abundante y cuidado bigote amarillo. Una larga cicatriz le cruzaba la mejilla izquierda, desde la comisura de los labios hasta el borde del ojo, de un azul grisáceo y frío. Su imagen contrastaba con la de Roberto detalle por detalle, pensó Chris, como si alguien hubiera juntado aquella pareja a propósito. Y, sin lugar a dudas, ambos se destacaban como farolas entre aquel grupo de hombres bajos y morenos, de rostros corrientes y actitudes rústicas.

Kruger saludó a Chris con elegante formalidad, pidió un vaso de leche fría y escuchó la petición de Pancho sin pestañear. Luego dijo que sería un honor para él llevar a la joven norteamericana hasta Ponce y que se ponía a disposición de Chris para todo lo que pudiera necesitar. Ella pensó que había visto personajes como aquél en algunas de las películas que pasaban en el reformatorio, sólo que llevaban botas altas y uniforme negro.

Antes de partir, mientras Hans Kruger y Roberto ultimaban los preparativos en torno al camión, Chris se despidió efusivamente de Pancho García. Sin pensarlo dos veces, le echó los brazos al cuello y lo besó en ambas mejillas. Un coro de silbidos llegó desde la puerta de la cantina y desde el sector de los almacenes.

—Los muchachos se burlan de mí, señorita Parker —balbuceó el hombre, cortado.

—Tenía deseos de hacerlo, Pancho —dijo Chris con sinceridad—. No sé qué hubiera hecho sin su ayuda. Quisiera retribuirle de alguna forma...

Chris quiso abrir su bolsa, pero Pancho la detuvo con su mano ancha y morena.

—No me ofendas, Chris —pidió, tuteándola por primera vez—. Nosotros somos amigos, ¿verdad?

Chris asintió, conmovida, y subió a la cabina del camión, junto a Roberto. Hans Kruger colocó la primera marcha y comenzó a maniobrar para sacar a la gran cisterna rodante de la explanada. La chica pensó que esta vez no había advertido al teniente Urquijo de su viaje, pero ahora nada de eso importaba ya. Dentro de unas horas, al otro lado de la isla, se encontraría por fin con su hermano Tom. Él podría aclararlo todo.

EL GRAN CAMIÓN CISTERNA subía lentamente por una empinada carretera de montaña. Chris se había adormecido oyendo la charla del alemán, que relataba a Roberto sus aventuras como soldado en las guerras de África, y sus sufrimientos como capataz de una plataforma petrolera flotante, en el mar del Norte. El muchacho le escuchaba fascinado, pese a que seguramente no era la primera vez que oía las antiguas hazañas de su compañero.

—Es extraño... —dijo Chris, en medio de un bostezo.

—¿Qué es lo que te resulta extraño? —preguntó Roberto.

Chris observó el perfil del conductor, inclinado confiadamente sobre el volante, con un cigarrillo entre los dientes. Estaba convencida de que aquel hombre era un embustero, o de que por lo menos exageraba sus peripecias para impresionar al muchacho. A ella le molestaba que el bueno de Roberto fuera tan crédulo. O tal vez lo que realmente le molestaba era que el chico prestara tanta atención a la cháchara de Hans Kruger, olvidando que a su lado viajaba una atractiva jovencita llamada Chris Parker.

—Me pregunto por qué el señor Kruger, después de haber corrido tantas aventuras, se resigna a un oficio tan monótono como éste —dijo como de pasada, aparentando ingenuidad.

Hans rió con una risa gutural.

—Oh, ya no soy tan joven como entonces, señorita. Para vivir esa clase de vida, hace falta una salud de hierro —explicó, aplastando las erres contra el paladar.

—Hans tiene una esquirla de granada en la cabeza —agregó Roberto, serio—. La recibió en un combate en Zimbawe, donde luchaba como mercenario. A veces sufre jaquecas terribles.

Chris se mordió los labios, arrepentida de su comentario.

—Lo siento —murmuró—. Yo no sabía...

—Roberto exagera —dijo el alemán, palmeando el muslo del muchacho—. Él es un gran amigo, y me reemplaza en el volante cuando me molesta la herida. De esa forma, los dos podemos ganar mucho dinero.

—¿Mucho dinero...?

El muchacho se volvió hacia ella. Parecía evidentemente confundido porque Kruger había mencionado aquello del dinero.

—En realidad, Chris... Hans y yo recibimos una paga triple por cada uno de estos viajes a Ponce.

—¿Triple? ¿Por qué triple?

—Trabajo peligroso. No hay muchos que acepten hacerlo —dijo el alemán—. El gas que cargamos en la cisterna es muy sensible al calor. Si hay un pequeño error en las proporciones, o una falla en las válvulas... el gas puede dilatarse y... ¡bum! —El hombre retiró una mano del volante e hizo un expresivo gesto, separando los dedos—. La cisterna estalla y nosotros... también. ¿Comprende?

Chris había comprendido perfectamente y estaba alelada. Había leído que esas cosas ocurrían, e incluso había visto una película basada en el tema. No era la misma película en la que hombres como Hans usaban uniformes negros. Una especie de terror ciego comenzó a revolverse en su estómago. En general, se consideraba una muchacha valiente, y conocía lo que era correr riesgos. Pero riesgos en acción, en los que el peligro era concreto y breve. En cambio, aquella amenaza inasible, ambigua, permanente, era demasiado para sus nervios. Mientras el miedo crecía en su interior, le secaba la garganta y le humedecía la frente con un sudor frío, decidió que debía de haber otras formas de llegar a Ponce y encontrar a Tom. A ella nadie le pagaba ni un céntimo por estar allí sentada esperando que el sol del Caribe expandiera el gas y todo volara por el aire.

—Quiero bajarme aquí mismo —dijo de pronto—. Lo digo en serio.

—¿No te encuentras bien? —preguntó Roberto, solícito.

—Me encuentro perfectamente, y quiero seguir así. De modo que no estoy dispuesta a permanecer un minuto más en esta bomba rodante.

Hans y el muchacho se miraron estupefactos y luego se echaron a reír a carcajadas. Chris sintió que una furia impotente le hacía casi saltar las lágrimas.

—¡Detenga este camión, Kruger! —chilló fuera de sí—. ¡Voy a bajar inmediatamente! Y si quieres un consejo, Roberto, baja conmigo. Este hombre está más loco de lo que tú crees.

Hans dejó de reír y pisó el freno, hasta que el camión se detuvo con un resoplido. Luego miró a Chris. Había un brillo de serena severidad en sus ojos grises. Roberto permaneció silencioso y con la cabeza gacha, entre ambos. La chica sintió que algo extraño ocurría, algo que ella no podía comprender.

—Quizás esté loco, como usted dice, señorita Parker —dijo el alemán con voz ronca—. Pero no soy un criminal. Jamás acepto llevar pasajeros cuando cargamos gas.

Confundida, Chris se secó la frente y los párpados con la palma de la mano. La certeza de su error comenzaba a abrirse paso en su cerebro, pero se negaba a aceptarla. Kruger seguía mirándola, inmóvil, con una especie de ofendida dignidad. Roberto alzó la cabeza y, naturalmente, cogió la mano de la chica entre las suyas.

—La cisterna ahora está vacía, Chris —murmuró—. Por eso nos reíamos de ti. Nuestro trabajo es cargar el gas en la refinería de Ponce y transportarlo a San Juan. No hay peligro en los viajes de ida.

—Comprendo... —musitó la chica.

—¿Aún desea bajar, señorita Parker? —preguntó Hans, con un dejo de sorna.

Chris deseó que la tragara la tierra. Había acusado e insultado a una de las pocas personas que le habían ofrecido su ayuda desinteresadamente. Sabía que en parte eso había ocurrido por prejuicio, porque asociaba el aspecto de Kruger con las películas sobre los nazis, o porque pensaba que toda persona que recibía una herida en la cabeza debía perder la razón. Pensó que se había comportado como una chiquilla estúpida, y que jamás aprendería a valorar a las personas.

—Lo siento, Hans... —dijo—. He sido una tonta, y le pido disculpas. A ti también, Roberto. Continuemos el viaje juntos, por favor.

El rostro de Hans se dulcificó, e intercambió una alegre mirada cómplice con Roberto.

—Eso está bien —dijo—. Tampoco nosotros supimos explicarnos.

—Así es, fue sólo un malentendido —aprobó el muchacho.

—¡Adelante, entonces! —exclamó Kruger—. Ya llevamos bastante retraso.

El camionero accionó la llave de contacto. El motor lanzó un quejido y luego se apagó. Hans intentó ponerlo en marcha otras dos o tres veces sin resultado. El hombre lanzó una maldición en alemán.

—¿Qué le ocurre? —preguntó Roberto.

—Quizá sea el carburador. Vamos a echar una ojeada.

Chris permaneció en la cabina mientras Kruger y el chico se afanaban en torno al motor. De vez en cuando, Roberto trepaba a la cabina e intentaba poner el contacto y abrir o cerrar el *starter*, siguiendo las señas que le hacía Hans desde abajo. Era inútil. El camión se negaba a ponerse en marcha, y el muchacho volvía a descender. Internamente, Chris agradeció que la cisterna no estuviera repleta de aquel gas deletéreo, pues el calor se hacía sofocante. Sin advertirlo, comenzó a cabecear y cayó en un semisueño frágil, sobresaltado por imágenes desagradables y confusas. La despertó la voz de Roberto, cuyo rostro asomaba por la ventanilla.

—He de ir andando hasta el pueblo más próximo, a buscar una pieza de repuesto.

—¿Cuánto tardarás?

—No mucho, una hora a lo sumo. Tómatelo con calma y trata de ser amable con Hans. Es un buen tipo, a pesar de todo.

—Lo sé —declaró Chris—. Lamento mucho mi actitud de hace un rato.

—Olvídalo —dijo Roberto sonriendo—. Y esperadme aquí.

Saltó sobre el pavimento y volvió a saludarla levantando un brazo. Luego echó a andar por el borde del camino. Hans seguía atareado en el motor, al parecer muy concentrado en su trabajo.

La zona en que se había detenido el camión era una meseta árida y deshabitada, que marcaba un agudo contraste con la primera parte del recorrido, sembrada de cultivos y de sierras con abundante vegetación de variados tonos tropicales. Chris contempló la extensión yerma, a un lado y al otro del camino, con algunos escasos chaparrales aquí y allá. Al fondo, la silueta azul de una sierra lejana apenas se destacaba del cielo en el aire quieto y tórrido de la tarde.

—Es el cerro de Punta Jayuya, el más alto de la isla —dijo una voz junto a ella.

El rostro de Hans Kruger, sonriente y cubierto de gruesas gotas de sudor, la contemplaba a través de la ventanilla.

—Hola, Hans. ¿Es muy seria la avería?

El hombre negó con la cabeza y su sonrisa se crispó en un fugaz rictus de dolor.

—Nada que no pueda arreglarse —dijo, volviendo a sonreír—. Pero necesitaremos la pieza que el chico ha ido a buscar. ¿No quieres estirar un poco las piernas? Debes de estar cociéndote en esa cabina...

—De acuerdo —aceptó ella.

Cuando descendió al pavimento, vio que el hombre se había apoyado con ambos brazos en la estructura que sostenía la cisterna. Mantenía la cabeza hundida entre los hombros, y las piernas y los músculos de la espalda estaban tensos, recorridos por imperceptibles estremecimientos. La chica se aproximó en el momento en que Hans levantó la cabeza como impulsado por un golpe invisible. Tenía los ojos cerrados y la boca muy abierta. Su cara era una rígida máscara de sufrimiento.

—¿Qué le ocurre, señor Kruger...? —balbuceó la chica, sin atreverse a tocarlo.

—Es... la maldita jaqueca otra vez... —El hombre hizo un esfuerzo por recomponerse, pero era evidente que estaba sufriendo casi al límite de sus fuerzas—. Como... si alguien... me hubiera clavado una lezna en el cerebro...

—Yo... lo siento...

Al sentir la mano de Chris en su frente, Hans pareció relajarse un tanto y abrió los ojos. La chica lo miraba desolada y retiró la mano, que tembló en el aire.

—No te preocupes... —tartajeó él—. No durará... mucho. Ya... comienza a aflojar.

—¿Puedo hacer algo por usted?

Kruger se estrujó una y otra vez el cráneo con ambas manos, en una especie de masaje desesperado.

—El sol... —dijo—. Este maldito sol.

—Le ayudaré a volver a la cabina —ofreció Chris, reanimada por la posibilidad de hacer algo útil.

El hombre retrocedió dos o tres pasos, de espaldas, y luego giró sobre sí mismo, tenso como un arco a punto de quebrarse, sin apartar las manos de la cabeza. Era una imagen dantesca y absurda, junto al enorme vehículo parado en medio del desierto. Gemía, con entrecortados ronquidos guturales. «Se volverá loco —pensó Chris—, o caerá ahora mismo, muerto de dolor.» Se sorprendió al advertir que prefería lo segundo, que casi lo deseaba, con tal de que aquella desgarrante escena terminara. Kruger estaba ahora en cuclillas sobre el pavimento, sacudiendo violentamente el torso, como si quisiera desprenderse de su propia cabeza. Chris sintió el impulso de echar a correr a lo largo del camino, bajo el sol, hacia ninguna parte. Pero permaneció clavada en su sitio, con los ojos cerrados para no ver a aquel hombre que se retorcía a pocos metros de ella.

—Chris... Señorita Parker... —La voz jadeante de Hans parecía llegar desde muy lejos—. Ayúdeme, por favor.

Ya no era un cuerpo estremecido por la electricidad insoportable del dolor, sino una especie de piltrafa temblorosa sobre el pavimento, que intentaba incorporarse sin conseguirlo. Chris corrió hacia él, sin vacilar, y se agachó a su lado.

—No sé qué hacer, Hans —dijo, conteniendo las lágrimas—. No sé cómo ayudarle...

El hombre se aferró a ella y la miró. Sus pupilas eran casi blancas.

—Ya pasó... lo peor —murmuró—. El dolor... se va. Sólo estoy aturdido... y agotado.

Chris sintió que un lento alivio descendía por su cuerpo. Aquel hombre no se encontraba bien, pero era nuevamente un ser humano. Y ella sabía cómo entenderse con los seres humanos. Apelando a todas sus fuerzas, le ayudó a incorporarse. Las ropas empapadas de sudor resbalaban entre sus manos, sobre el cuerpo macizo y pesado.

—Venga, Hans. Necesita descansar un poco antes de que vuelva Roberto.

—Sí... —dijo él, ya de pie—. El chico no debe verme en este estado. Él... se preocupa mucho por mí.

—Le llevaré a la cabina —anunció Chris, pasando el brazo del hombre en torno a su cuello—. Allí podrá recostarse.

Hans Kruger retiró el brazo y se apartó. Se mantuvo en pie por sus propios medios, algo vacilante, y contempló a la muchacha. Sus dientes blancos se destacaron entre la piel tostada. Sonreía por primera vez desde el comienzo de su terrible crisis de dolor.

—Ya puedo andar por mí mismo... —dijo—. Y no quiero meterme en esa horrible cabina hirviente. —Sus ojos recorrieron el desnudo paisaje—. ¿Me acompañas hasta aquel chaparral? Allí tendremos un poco de sombra fresca.

La chica observó el conjunto de arbustos achaparrados, a poco menos de cien metros, que parecía una especie de oasis quebrando el horizonte amarillo. Asintió sin decir palabra, y ambos echaron a andar sobre la tierra calcinada.

Pese a la hostilidad de aquel clima, el chaparral conservaba un cierto verdor y hasta podía pensarse que lo recorría una suave brisa. En realidad, el aire era allí un poco menos seco y tórrido. Los arbustos rodeaban una depresión del suelo, bastante pronunciada, en cuyo centro se conservaba un charco de regulares dimensiones y profundidad suficiente para que Kruger y Chris hundieran las manos en el agua turbia y se mojaran la cara y el pelo. Luego Hans empapó su pañuelo y se lo anudó alrededor del cuello, indicando a Chris que hiciera lo mismo. La chica comprobó que era un buen consejo. El relativo frescor de la tela parecía transmitirse desde allí, lentamente, a todo el cuerpo.

El hombre se dejó caer en el suelo, con la cabeza bajo la sombra alargada de un arbusto y las piernas extendidas, de forma que sus zapatos rozaban el borde del charco. El dolor había desaparecido, pero su rostro aún conservaba huellas de la crisis que había soportado: su larga cicatriz se mostraba más pálida que de costumbre, y una sombra cóncava le orlaba los ojos hundidos por la fatiga. Aparte de eso, parecía haber recuperado la madura vitalidad y la serena arrogancia que tanto admiraba su joven ayudante, Roberto García.

Chris se sentó al lado del camionero, con los pies cruzados bajo los muslos, a la manera yoga. Hans Kruger comenzó a hablar de pronto, en voz baja, con la vista perdida en el cielo de plomo.

—Tengo mujer e hijos en Alemania —dijo—. Dos niños rubios, que ya deben de ser casi tan altos como Roberto. Vivíamos en Hamburgo, y yo trabajaba en una fábrica de material óptico de precisión. La empresa me pagaba para que prosiguiera mis estudios, e iba camino de convertirme en un excelente técnico especializado, con un brillante porvenir. Estábamos pagando un piso, teníamos un buen coche, y cada año pasábamos veinte días de vacaciones en España. En los últimos tiempos, el jefe del departamento nos invitaba a cenar cada tres meses y el director de la fábrica me llamaba por mi nombre de pila. No te imaginas la importancia que tienen esas cosas en ese tipo de empresas. El día que cumplí treinta años, me llamaron para decirme que la compañía se hacía cargo de un seguro de vida a mi nombre por cincuenta mil dólares, que me aumentaban el sueldo y la categoría, y que había sido aceptado en el club de los ejecutivos. Cualquiera habría saltado de alegría en mi lugar. Yo los mandé a la mierda. Eso fue lo que hice, literalmente: los mandé a la mierda. ¿Me entiendes?

—Creo que sí —murmuró Chris.

—Al principio fue un infierno —prosiguió Hans—. No hacía otra cosa que emborracharme, discutir con mi mujer y golpear a los críos. Pero algo me decía que en el fondo yo tenía razón... De modo que cuando apareció aquel belga y me ofreció alistarme en una de esas guerras de África, acepté sin vacilar. Aquello también era un infierno, pero de otro estilo. Cometíamos tantas atrocidades cada día, que por la noche nos sentíamos vacíos e inocentes como arcángeles. No éramos seres humanos, ¿comprendes? O por lo menos, no éramos como los demás seres humanos. Allí aprendí que ninguna vida vale nada y que todo, absolutamente todo lo que ocurre sobre este planeta, es un tremendo error.

—Hay cosas por las que vale la pena vivir... —insinuó Chris.

Kruger volvió la cabeza para mirarla. Alzó una mano y acarició suavemente la mejilla de la chica, con la yema de los dedos.

—Cosas no, pequeña —susurró—. Momentos, quizá. Por ejemplo, el estar ahora aquí, lejos de todo, con una muchacha como tú.

Chris advirtió el cariz que podía tomar el asunto y se puso rígida. Pero no se atrevió a apartar los dedos del hombre.

Hans la miraba serenamente, casi con tristeza. Su mano bajó y comenzó a acariciarle la nuca.

—Momentos en que podemos disfrutar un poco de paz... y de ternura —dijo como para sí.

—Debemos regresar, Hans —dijo la chica, intentando desasirse.

Pero ahora los fuertes dedos le aferraban el cuello, como garfios de acero. Kruger introdujo la mano libre bajo la camisa de Chris, y le buscó los pechos. Sus gestos eran duros y agresivos, pero su rostro expresaba una ansiedad infantil, casi desvalida.

—Por favor, Hans, no lo hagas —pidió la chica.

La mano siguió deslizándose sobre su piel, hasta rozar los pezones temblorosos. Allí se detuvo, como apaciguada.

—Sólo un momento, Chris... Un pequeño momento de placer —murmuró el hombre—. No te haré daño.

Sin saber por qué, Chris no atinó a moverse. La mano de Hans se cerró sobre su seno, con cuidadosa avidez. Ella sintió una mezcla de pena y de vergüenza por ambos. También miedo, y una confusa excitación. Hans no se había movido de su posición, acostado de espaldas sobre el suelo. Dejó de acariciar a la muchacha y con una irresistible presión de la mano con que le aferraba el cuello, la obligó a inclinarse y apoyar el rostro sobre su vientre. Con la otra mano comenzó a desabrocharse el cinturón.

—Ahora serás buena con Hans, chiquita... —jadeó—. Serás buena y... me darás un poco de paz.

Los dedos se cerraron aún más sobre la nuca de Chris, y empujaron su cabeza hacia abajo.

11

En un esfuerzo desesperado, Chris atrapó con los dientes la mano libre de Hans, quien pugnaba por abrir su cremallera, y mordió con todas sus fuerzas. Un sabor a piel salada y a sangre le inundó la boca. El hombre lanzó un grito y una maldición, cayendo hacia un lado. Por un instante, sus dedos dejaron libre el cuello que Chris, lo que la chica aprovechó para lar un impulso que la llevó a rodar por el declive y caer en el charco. Sentada en medio del agua fangosa, se concedió un respiro para recuperar el aliento. Unos dos metros más arriba, Kruger se frotaba la mano herida, arrodillado en el barro. Sus ojos eran de metal helado y sus labios, pese al dolor, sonreían.

—De modo que eres una chica rebelde, ¿eh? —gruñó—. Ahora verás lo que el viejo Hans hace con las gatitas como tú.

El hombre se fue incorporando despacio, como si disfrutara de cada lento movimiento de sus músculos. Cuando estuvo en pie, Chris supo que disponía de cinco segundos para saltar del charco y echar a correr. Pero no pudo hacerlo. El miedo y el agotamiento eran más fuertes que su instinto, y la mantenían pegada al suelo embarrado de la charca.

Hans avanzó un paso hacia ella en actitud acechante, balanceándose como un añoso y corpulento gorila. Su rostro ya no expresaba la excitación morbosa de unos minutos antes, sino una fría furia homicida. Dio un segundo paso, pisando casi el borde de la charca, y Chris comprendió que aquel hombre estaba dispuesto a matarla con sus propias manos. Buscó en su mente una palabra que lo detuviera, y no la encontró. Su muda y desolada mirada de súplica no parecía conmover a Hans Kruger, convertido en un animal carnicero, en una implacable máquina de venganza. Ella debía pagar por aquella herida que sangraba en su mano, por la cicatriz que le cruzaba el rostro, por la esquirla de granada alojada en su cerebro, que ardía otra vez dentro de su cráneo, como un fuego insoportable... Sí, debía matar a aquella chica, y entonces encontraría, por fin, la paz...

Una sombra surgió de los matorrales y saltó sobre la figura de Hans, derribándolo al suelo. Era Roberto García. El hombre y el muchacho, enlazados en una especie de abrazo amoroso, rodaron hacia el agua. Se incorporaron y volvieron a caer, sin separarse. Aferrados, jadeantes, mirándose a los ojos, luchaban en silencio, buscándose la garganta, golpeándose ciegamente con la cabeza y las rodillas, apartando de pronto un brazo para castigar la carne del otro con el puño, procurando afirmar los pies en el fango resbaladizo, en un sucio, duro y desesperado combate.

Chris se arrastró fuera de la charca y se dirigió hacia una retorcida mata de ramas secas, donde, fuera de la visión de los hombres, se encogió en postura fetal. La sempiterna escena de dos machos luchando por una hembra se repetía, callada y absurda, en medio de aquel desierto ardiente. Y la chica se sintió invadida por el sentimiento ambiguo, mezcla de terror, orgullo y desconsuelo, que a lo largo de los siglos había asaltado a otras mujeres cuando contemplaron la feroz pelea entre dos hombres, sabiendo que ellas eran la causa que la impulsaba y el botín que esperaba al ganador.

El combate continuaba, sin reglas y sin descanso. Kruger era más experto y más brutal, pero Roberto tenía a su favor su juventud y las dos heridas que atormentaban a su adversario: el cegador dolor en el cráneo y el sangrante mordisco en la mano derecha. Poco a poco, Hans fue cediendo terreno. Sus golpes se hicieron más torpes y espaciados y sus piernas vacilaron, como si se negaran a sostenerle. Roberto advirtió la ventaja. Dio un paso hacia atrás, unió sus manos entrelazadas sobre la cabeza y las descargó en un rápido y seco golpe contra la quijada del alemán.

La escena pareció detenerse por un instante, bajo el sol blanco y vertical. Roberto no atinó a colocarse en actitud defensiva, ni tampoco volvió a golpear a su rival, como si todas sus fuerzas se hubieran agotado en aquel golpe. Kruger, inmóvil, abrió la boca, por la que se escurrió un fino hilillo de sangre. Sus ojos se tornaron opacos y cayó al suelo. Primero de rodillas y luego de bruces. La pelea había terminado.

Chris salió de su escondite y corrió hacia el sitio donde había caído Hans.

—¿Está... muerto? —preguntó.

—No —dijo Roberto—. Pronto se levantará.

Confirmando sus palabras, el alemán lanzó un gruñido y comenzó a hacer esfuerzos para incorporarse. El chico alejó a Chris y se mantuvo expectante, rodeando con un brazo la cintura de la muchacha. Ella pudo sentir la tensión todavía alerta de sus músculos y la respiración entrecortada de su pecho.

Hans Kruger había logrado ponerse en pie. Tambaleándose, consiguió dar unos pasos hacia el otro extremo de la charca. Se quitó el pañuelo del cuello y se secó los labios ensangrentados. Luego miró a los dos chicos abrazados en medio del chaparral y se echó a reír con torvas carcajadas espasmódicas.

—¡Deberíais veros! —rugió—. ¡Parecéis Tristán e Isolda! ¡Es conmovedor! Alguien... —Se interrumpió por un acceso de tos, que estremeció todo su cuerpo—. ¡Alguien... debería tomaros una fotografía!

Meneó la cabeza, riendo todavía quedamente, y comenzó a rodear la charca con paso descuidado.

—No te acerques, Hans —advirtió Roberto, colocándose delante de Chris.

El hombre se detuvo. Miró su mano ensangrentada y la envolvió cuidadosamente con el pañuelo húmedo.

—De acuerdo, cachorro, tú ganas —murmuró entre dientes—. Pero la próxima vez, te mataré.

Chris y Roberto vieron cómo Hans se alejaba del chaparral y cruzaba con paso decidido la franja de tierra ocre que lo separaba de la carretera. Un minuto después, el camión cisterna era sólo un punto de plata que se perdía en el horizonte, recortado sobre la mole azul del cerro Punta Jayuya.

—Maldito loco —dijo Chris—. Nos ha dejado aquí, abandonados.

—Mejor así —suspiró Roberto—. Cuando se pone de esa forma, no se puede razonar con él. Era capaz de matarnos, o yo hubiera tenido que matarle a él.

—Ten cuidado, Roberto —pidió ella, asustada—. Amenazó con matarte la próxima vez...

El muchacho sonrió y, con un gesto suave, apartó un mechón de cabellos que caía sobre la frente de Chris.

—Era una bravata —dijo—; ya lo ha hecho otras veces. Es por ese problema que tiene en la cabeza. Cuando se le pase, vendrá a pedirnos perdón, ya lo verás.

Chris lanzó un resoplido de duda.

—¿Y mientras tanto deberemos esperar aquí?

—No, iremos a Ponce a buscar a tu hermano Tom —respondió el chico, tomándola del brazo—. Sólo tenemos que encontrar a alguien que nos lleve hasta allí.

LLEVABAN MEDIA HORA SENTADOS en un murete de cemento, especie de vallado que alguien había construido sin razón aparente junto a la carretera, casi en el borde del arcén. Cuando aparecía algún vehículo en dirección a Ponce, se levantaba uno u otro para hacerle señas de que los llevara. Pero todos parecían tener mucha prisa o pocas ganas de meterse en problemas. Y no era extraño, pues el aspecto que tenían Chris y Roberto después de los revolcones en la charca era ciertamente desastrado, y con facilidad sospechoso.

—Nos pudriremos aquí —suspiró Chris volviendo a sentarse, después de que un inmenso camión frigorífico pasara a más de cien por hora, sin hacer caso de sus señas—. Por esta carretera sólo viajan malditos bastardos desconfiados.

—Yo también desconfiaría de ti —rió Roberto—, con esa pinta de delincuente juvenil que te gastas.

—No creas que tú tienes mejor aspecto —refutó la chica—. Pareces un pirata que acaba de escapar de un naufragio.

Rieron los dos, cogiéndose de las manos, y dando escape a la ansiedad que les producía su situación. Luego se miraron azorados, como si acabaran de tomar conciencia de que estaban solos y muy juntos, con los dedos entrelazados. Chris advirtió que los dulces ojos del chico le miraban los labios, y desvió la cabeza.

—¿Qué haremos, Roberto? —susurró—. No podemos permanecer aquí eternamente.

El muchacho le soltó las manos y se puso de pie, en actitud de infundirse ánimos.

—Debemos tener paciencia —propuso, sin mucha convicción—. Quizá no tarde en pasar un camión de Hartmann y Velázquez.

—Eso es. Con el siniestro Hans Kruger al volante —dijo Chris, en tono de broma.

Permanecieron en silencio, oteando cada uno con disimulo la recta línea de la carretera desierta. De pronto, Chris se palmeó la frente.

—¡Hay algo que no encaja! —exclamó—. ¡El camión cisterna!

—¿Qué ocurre con el camión?

—Tenía una avería, ¿no es así? Por eso tú debiste ir a buscar una pieza de recambio.

—Así es… —musitó Roberto.

—Entonces, ¿cómo es posible que Kruger lo pusiera en marcha y pudiera marcharse? —La muchacha parecía muy excitada por su descubrimiento—. El motor estaba estropeado, y él no tuvo tiempo de repararlo.

Roberto desvió la mirada, incómodo. Toda su suficiencia se había desinflado.

—Bien... —balbuceó—, supongo que Hans urdió la historia de la avería para quedarse a solas contigo.

—¡Y yo supongo que tú tienes suficientes conocimientos mecánicos como para saber que mentía! —estalló la chica.

Los ojos de Chris echaban chispas, y parecía dispuesta a saltar sobre el cuello de su joven amigo. Él se limitó a dirigirle una mirada huidiza, observándola a través de sus largas pestañas.

—Sí... —reconoció con un hilo de voz—. Me di cuenta en seguida de que Hans se estaba inventando lo de la avería.

—Y no obstante, ¡me dejaste a solas con él! —gritó la muchacha, fuera de sí.

Roberto volvió a sentarse junto a ella, dejándose caer sobre el borde de la cerca. Sus manos jugueteaban entre sí, mientras los ojos permanecían observando la punta de sus zapatillas.

—No fue así, Chris... —murmuró—. Fingí que me alejaba por la carretera, pero en la primera curva volví sobre mis pasos, a campo traviesa. Vi que os dirigíais hacia el chaparral y os seguí sin ser visto, ocultándome.

Chris abrió los ojos y la boca, sintiéndose al mismo tiempo muy tonta y muy desamparada.

—¿Por qué? —preguntó.

Roberto, sin mirarla, hizo un leve gesto con los hombros.

—Quería saber qué se traía entre manos el alemán.

—¿De modo que estabas allí, mirando, mientras Hans intentaba abusar de mí? ¿Por qué no interviniste antes?

El chico alzó los párpados y la miró de pronto. El brillo de sus ojos oscuros parecía haberse agazapado detrás de sus pupilas.

—No parecía que estuviera abusando de ti, Chris —dijo con voz baja y dura—. Él te acariciaba y tú permanecías inmóvil. Luego... te recostaste sobre su vientre. Entonces pensé que no estaba bien que yo siguiera oculto, espiando vuestra escena amorosa, y me dispuse a alejarme...

—¡Escena amorosa! —chilló Chris, indignada—. ¡Tu maldito alemán me tenía atrapada por el cuello, a punto de estrangularme!

—Yo... no podía ver eso... —balbuceó el chico—. Pensé...

—¡Sé muy bien lo que pensaste! —gritó ella—. Eres un condenado mirón, con una mente sucia y lasciva...

Comenzó a llorar, estremecida de rabia y de angustia. Roberto, desconcertado, hizo ademán de acariciarle el pelo, pero ella sacudió la cabeza.

—¡Déjame! ¡Vete y déjame en paz! —gimió.

Roberto, con firmeza, la tomó por los hombros y la obligó a girar el torso hacia él. Sus rostros estaban muy cerca, y se miraban intensamente.

—Tú me gustas mucho, Chris —dijo él—. Me retorcía de celos en aquel chaparral, y quizás imaginé más cosas de las que veía... Lo siento, Chris, de veras. —Ella dejó de sollozar para observarlo a través de las hebras de pelo que le caían sobre la cara. El rostro del muchacho estaba serio y hermoso cuando prosiguió su disculpa—. Al ver que le mordías la mano y rodabas hacia la charca, me dio un vuelco el corazón. Sin comprender del todo lo que estaba ocurriendo, supe que debía detener a Hans. Nunca hubiera creído que me atrevería a luchar contra él. Es..., es como un hermano para mí. Pero, además, ha sido un combatiente profesional. Mientras saltaba sobre él supe que si me vencía nos mataría a los dos... y que eso era lo más probable.

Chris había escuchado en silencio. Alzó su mano y pasó las puntas de los dedos sobre los labios del muchacho, como para impedir que siguiera hablando.

—Olvídalo, por favor... —susurró ella—. La locura de ese pobre hombre nos ha puesto en una situación absurda, y todos perdimos la cabeza.

—Así es —dijo el chico, cogiendo los dedos de Chris para que no los apartara de sus labios—. Pero todo ha terminado bien, y estamos juntos.

—Sí... —atinó a decir la muchacha, cerrando los ojos.

Roberto guió la mano de ella sobre su rostro, hasta dejarla apoyada en la nuca. Chris sintió entre los dedos los rizos del muchacho, todavía húmedos, y las manos que le rodeaban la cintura, atrayéndola. Mantuvo los ojos cerrados y entreabrió los labios. Lo que iba a suceder era lo único que ella deseaba en aquel momento.

Un chirrido de frenos y un rumor de risas, acompañado de un súbito olor a gasolina y a neumáticos, los sobresaltó.

—¡Eh, tórtolos! —gritó una voz gorjeante—. ¿Necesitáis ayuda?

12

EL VEHÍCULO QUE SE HABÍA detenido junto a ellos era un enorme y suntuoso Buick de color verde. Su conductor era un hombre enjuto y cetrino, de unos cincuenta años, ataviado con ropas deportivas: pantalones y zapatillas blancas, camisa amplia con grandes flores de colores chillones y un sombrerillo de paja más pequeño que su cabeza. Sonreía con una perfecta dentadura, acodado en el volante, y se había alzado las grandes gafas oscuras sobre la frente para contemplar mejor a la pareja que se hallaba en el borde del camino. Pero no era él quien les había hablado, sino su esposa, una mujer rubia y corpulenta, con una ancha boca pintada de carmesí y largas pestañas postizas que movía sin cesar. Vestía la versión femenina del atuendo de su marido, calzando sandalias doradas de tacón muy alto y un vistoso jersey rojo escotado, que dejaba ver buena parte de sus redondos pechos, y adivinar claramente el resto.

La mujer asomaba la cabeza por la ventanilla del coche, y ante el silencio desconcertado de Chris y Roberto, insistió:

—¿Qué hay, chicos? ¿Podemos llevaros a alguna parte?

Chris fue la primera en reaccionar:

—¡Oh, sí, señora! —aceptó—. Si quisieran ustedes acercarnos a Ponce...

—Allí es precisamente adonde vamos —dijo el hombre, inclinándose para abrir la portezuela posterior—. ¡Hala, subid! Debéis de estar calcinados por este sol.

Chris y Roberto entraron en el coche y se instalaron en el mullido asiento trasero, acariciados por el frescor del aire acondicionado que exhalaba un suave aroma a menta. El coche tomó la curva y comenzó a descender desde lo alto de la meseta hacia un agradable valle cruzado por un río serpenteante. Visto desde allí arriba, aquel paisaje resultaba muy sedante. De modo que Chris dejó que sus músculos dejaran de aferrarle los huesos y su cuerpo se aflojó agradecido sobre la blanda piel color crema del asiento. Cerró los ojos y comenzó a imaginar que toda ella era un delicioso helado de menta, balanceándose en su cucurucho sobre aquel valle multicolor de cuento de hadas.

Pero la mujer rubia no estaba dispuesta a permitir que sus inopinados pasajeros se tomaran un respiro. A ella le encantaba conversar durante los viajes, luciendo su bien modulada voz de antigua cantante de club nocturno y la expresividad de sus manos recargadas de anillos. Comenzó por informar a los muchachos que ella y su marido se apellidaban Williams y estaban haciendo un viaje de placer por la isla, pues celebraban sus veinte años de casados. Agregó que ella se llamaba Fucsia y les preguntó si no les resultaba un nombre exótico y picante. Ambos chicos hicieron gestos afirmativos con la cabeza, lo que bastó para que Fucsia continuara hablando.

—Hace algunos años, cuando Jimmy se enamoró de mí —memoró—, yo era una joven cantante bastante apreciada en los ambientes artísticos de Dallas. Utilizaba mi verdadero nombre, pero con un apellido supuesto: Fucsia Dellapierre. ¿Quizá lo habéis oído alguna vez?

Se volvió para apreciar la muda respuesta de sus pasajeros, que esta vez movieron la cabeza negativamente, con cierto aire de satisfacción.

—Bien, no tiene importancia —declaró la mujer—; posi-

116

blemente no habíais nacido aún. Hace ya veinte años que mi carrera artística se frustró por amor. —Esta revelación fue acompañada de un hondo suspiro, que hizo oscilar pecaminosamente sus senos en el borde del escote—. Jimmy era muy celoso entonces, y todavía lo es —informó, dirigiendo a su marido una mirada parpadeante—, de modo que exigió que yo abandonara los escenarios si quería casarme con él. Así lo hice, pese a que estaba a punto de renovar mi contrato en «El gato loco», y mi representante estaba en tratos con un agente de Hollywood. Jimmy y yo hemos pasado juntos una vida maravillosa, pero a veces me pregunto si no hubiera llegado a ser una gran estrella y cantante, como la Streisand o la Minnelli. ¿Tú qué opinas, Jimmy?

—Que hablas demasiado —gruñó el hombre, sin desviar la atención del camino, que ahora se ondulaba junto a una extensa plantación de café.

Fucsia rió con una risa luminosa y falsa.

—Oh, es posible que tengas razón —dijo—. Estoy segura de que esta joven debe de tener cosas muy interesantes que contarnos de su vida. ¿Verdad, querida?

Chris se arrellanó en el asiento y carraspeó.

—Lo intentaré, aunque no sé si os resultará interesante —anunció—. En realidad, yo soy una reclusa fugada hace varios meses de un reformatorio de menores. Vine a Puerto Rico acompañada de otro joven delincuente, luego de desvalijar a un joyero que murió en mis brazos. Nuestra intención era estafar a una pandilla de ladrones de joyas y apoderarnos de su botín. Pero algo salió mal y los gángsters mataron a mi amigo de una paliza. Intentaron liquidarme a mí también, pero pude escabullirme. Entonces un camionero alemán se ofreció a llevarme a Ponce en un camión cisterna cargado con un gas que podía estallar en cualquier momento. El alemán sufría ataques de locura a causa de una esquirla de granada que tiene alojada en el cráneo, e intentó violarme en un chaparral. Al resistirme, se enfureció y se dispuso a matarme. Roberto, aquí presente, era el acompañante del camionero. Salió en mi defensa y se trabó a golpes con el alemán, hasta vencerle. Entonces el tipo se largó

117

en su camión y nos dejó abandonados en medio del desierto. —Chris se detuvo para tomar aliento—. Por eso estábamos allí, junto a la carretera —concluyó con sencillez.

Fucsia había escuchado el relato de Chris con creciente estupor. Tenía los ojos muy abiertos y sus largas pestañas postizas semejaban arañas sorprendidas.

—¡Jimmy! —gimió, descuidando su vocalización—. ¿Has oído lo que dice esta niña?

—Se está burlando de ti —aseguró Jimmy alegremente.

La mujer miró a su marido y luego volvió nuevamente la cabeza hacia el asiento trasero. Acurrucado en su rincón, Roberto hacía visibles esfuerzos para no echarse a reír. Chris mantuvo la mirada inquisidora de Fucsia con rostro impasible, pero en sus ojos brillaba una chispa burlona.

Fucsia abrió su gran boca hasta formar una especie de O y luego estiró los labios exhibiendo su sonrisa desmedida.

—¡Oh, comprendo! —gorgoteó—. ¡Te has inventado toda esa horrible historia para sorprenderme! ¿Sabes una cosa? Por un momento, casi me lo he creído.

—Todo lo que he dicho es la más absoluta verdad —insistió Chris, obcecada—. Puede decirse que es un resumen de mi vida en la última semana.

—¿No es deliciosa? —preguntó Fucsia a su marido.

—Sí que lo es —respondió él, con cierto retintín.

—Díselo tú, Roberto —pidió Chris—. ¿No es cierto todo lo que he dicho?

A través de la ventanilla, el muchacho estaba mirando una gran refinería de petróleo, cuyas estructuras anunciaban la cercanía de Ponce.

—No —dijo con aplomo—. Es una sarta de embustes. Todo el mundo sabe que eres la mayor mentirosa de la universidad.

—¡Ah, una universitaria! —exclamó Fucsia, haciendo aletear sus pestañas y agitando los dedos—. Ya decía yo que no tenías aspecto de fugitiva de reformatorio. ¡Nadie podría creer que hubieras hecho algo malo!

—Espero que algún día repita eso ante el juez —bufó Chris, alzándose de hombros.

Roberto se inclinó hacia delante y dio unos golpecitos en la floreada camisa del conductor.

—Nos bajaremos aquí, señor Williams —dijo—. Casi estamos ya en los suburbios de Ponce.

—Ni hablar de bajaros —respondió el aludido, cortésmente—. Os llevaremos hasta vuestro destino.

—¡Por supuesto! —le apoyó Fucsia—. Para nosotros será un placer. Y de todas formas, no tenemos otra cosa que hacer. ¿Verdad, Roddie?

Roddie asintió, muy convencido, y Roberto volvió a decir que ya habían hecho bastante, y que no querían importunar. El matrimonio, hablando a la vez, repitió que no tenían otro objetivo en el mundo que llevar a los chicos en su coche a donde quisieran. Chris asistía a esta discusión con escaso interés, ya que en realidad le daba igual.

—¿Sabéis lo que haremos? —exclamó de pronto Roddie, disminuyendo la velocidad—. Pararemos a comer en aquel motel, y luego cada cual seguirá su camino. ¿Qué os parece?

Chris miró hacia delante. A un lado de la carretera se levantaba una construcción moderna y no muy grande, de aspecto confortable. Aún no había comenzado a oscurecer, pero ya estaba encendido el letrero situado sobre el muro junto a la carretera. Las letras de color rosa con los filos amarillos eran discretas y elegantes: TROPICAL MOTEL - BAR - RESTAURANTE - HABITACIONES.

—No podemos aceptar —se resistió Roberto, con un resto de convicción—. Ya han hecho mucho por nosotros.

—De todas formas, tenemos que comer —declaró Roddie—. Y vosotros también. ¿Qué hay de malo en que lo hagamos juntos? Me ofenderé si no aceptáis mi invitación.

—Venga, chicos, no os hagáis de rogar —terció Fucsia—. No todos los días el viejo Roddie Williams se muestra tan generoso, y no todos los años celebramos nuestro vigésimo aniversario. ¿Qué os parece comenzar con un bistec a la pimienta con patatas francesas?

Chris y Roberto se miraron, dubitativos. Hacía varias horas que no probaban bocado, y, pese a todo, ambos se sentían ligeramente fascinados por aquel estilo de los Williams, compuesto de una despreocupada cordialidad y de una buena cuenta corriente.

—De acuerdo —dijo finalmente Roberto, consultando a Chris con la mirada—. Pero no podremos quedarnos mucho tiempo. Debemos encontrarnos con alguien en Ponce.

—Yo os llevaré a la ciudad, una vez que acabemos con nuestra cena de aniversario —prometió Roddie, jovialmente.

Y torció el volante para enfilar el automóvil por la rampa de acceso al aparcamiento del motel. Un portero uniformado se apresuró a abrir la portezuela trasera. Si le sorprendió ver descender a una muchachita desharrapada y cubierta de barro seco, no dejó que su rostro lo demostrara.

EL SALÓN COMEDOR ERA pequeño y acogedor, decorado con sobrios tonos color marrón haciendo juego con el amarillo intenso de los manteles y los cortinajes. A esa hora, había el número exacto de comensales para que el local tuviera un ambiente cálido sin que ninguna mesa perdiera su intimidad.

—Un sitio perfecto —comentó Fucsia con maravillada teatralidad.

—Y un servicio excelente —agregó Roddie, mientras el camarero escanciaba la primera botella de vino chileno en las cuatro copas.

Chris y Roberto asintieron, con la boca repleta de espárragos a la crema y la mente concentrada en la inminente llegada de los bistecs.

La cena transcurrió en un clima afectuoso y casi familiar. El noble vino de los Andes había desatado la verborrea de la sentimental Fucsia, que se dedicó a asegurar una y otra vez a los chicos, en distintos tonos, lo providencial que había sido en su vida la aparición del apuesto y generoso Roddie H. Williams, con quien llevaba veinte años de casada.

—De no ser por él —gimoteaba—, hoy sería una vieja momia en un cabaret de tercer orden.

Ahora le tocaba el turno a Roddie, quien, dejando el cuchillo sobre la mesa para gesticular con mayor libertad, protestó cariñosamente:

—Nada de eso, muchachos. No la creáis. Fucsia fue quien trajo amor y alegría a mi vida gris de agente de seguros, y me impulsó a llegar a vicepresidente de la compañía. A ella le debo todo lo que soy.

Con la segunda botella, aquel apasionado amor conyugal comenzó a expandirse hacia el resto del universo. El opulento pecho de Fucsia estaba ya tan encima de Roberto, que el chico tenía que dar un rodeo para llevarse el tenedor a la boca. En un momento dado, convulsionada por un acceso de risa, la mujer dejó caer la mano sobre el muslo del muchacho. Y la dejó allí. El campechano señor Williams también aprovechaba el tiempo. Su brazo, que rodeaba el respaldo de la silla de Chris, se ceñía poco a poco en torno a ella. Cuando el camarero trajo el café y el coñac, los Williams estaban en plena fiesta. Los dedos de Roddie recorrían con decisión la suave concavidad de la axila de Chris, e insinuaban exploraciones hacia la colina cercana. Fucsia siempre había sido más decidida que su esposo: en un ataque frontal, deslizó su mano hasta la entrepierna de Roberto y palpó ávidamente lo que allí había. El chico, instintivamente, echó la silla hacia atrás y se puso de pie.

—Creo que... debemos irnos —balbuceó, azorado.

Chris aprovechó para inclinarse hacia delante, dejando la inquieta mano de Roddie en descubierto.

—Sí —dijo con serena decisión—. Ya se ha hecho tarde.

—¡Ni hablar! —exclamó el vicepresidente de la compañía de seguros—. Antes, beberemos la última copa.

Fucsia, la superestrella frustrada de los cabarets de tercer orden, no había logrado dominar su excitación. Tenía las mejillas arreboladas y sus húmedos labios le temblaban.

—Creo que... pasaré un momento al lavabo —anunció, incorporándose.

—Anda, ve... —dijo Roddie, con achispada malicia— y refréscate un poco.

Ella le miró, pasándose la lengua por el borde de los dientes.

—Mientras tanto, cariño —le dijo—, tú podrías arreglar las cosas.

El hombre asintió, entre sumiso y pesaroso. Fucsia Dellapierre le dedicó un guiño de sus pestañas de plástico y se alejó hacia el fondo del salón, contoneándose con su mejor estilo.

—¡Tengo una idea excelente, muchachos! —anunció entonces Roddie H. Williams, con su vieja y ajada sonrisa de vendedor de pólizas a domicilio—. Pasaremos todos la noche aquí. ¿Qué os parece? Pediré dos habitaciones contiguas y varias botellas de champán. ¡Lo pasaremos en grande!

—Creo que usted se equivoca... —comenzó a decir Chris, pero Roberto la detuvo con un imperioso gesto de sus cejas.

—Quizá debamos aceptar, Chris —intervino el chico—. A estas horas ya no encontraremos a Tom en la ciudad. Le buscaremos mañana.

Chris miró a su joven amigo con auténtica indignación y se dispuso a responderle como se merecía. Él le dirigió un cómico visaje a espaldas de Roddie, indicándole que siguiera el juego.

—Lo que tú digas, Roberto —musitó, rogando para que el muchacho supiera lo que estaba haciendo.

—¡Magnífico! —exclamó Roddie, frotándose las manos—. Sois unos chicos estupendos. Esperad aquí a Fucsia, mientras yo me acerco a la recepción para arreglar los detalles.

El hombre se alejó tambaleándose ligeramente entre las mesas y volviéndose cada dos pasos para hacer guiños y gestos de complicidad a los chicos. Cuando hubo desaparecido tras la doble puerta de cristales, Chris aferró el brazo de Roberto y se inclinó hacia él.

—¿Estás loco? —bufó—. ¡Esos Williams son un par de viciosos!

Roberto le sonrió serenamente, y al parecer muy divertido.

—Sólo son un matrimonio de gringos borrachos, que piensan que todo puede comprarse con dinero —afirmó—. Les daremos una lección.

—No cuentes conmigo —declaró ella—. Para un solo día,

ya tuve bastante con tu amigo Kruger. No pienso pasar la noche aquí contigo y esos depravados.

—Nadie pasará la noche con ellos. Y tú sales de escena ahora mismo. El resto corre de mi cuenta.

—¿Quieres explicarte? —pidió Chris, impaciente. Roberto miraba hacia el sector de los lavabos.

—Allí viene Fucsia —anunció—. Cuando llegue, tú te levantas y dices que vas a arreglarte un poco. Por cierto, te hace falta. Más allá de los lavabos hay una puerta de servicio. Sal por allí y espérame fuera, frente a la entrada principal. Te llevarás una sorpresa.

—¿Quién se llevará una sorpresa? —preguntó Fucsia con su voz cantarina, sentándose junto al muchacho.

—Tú, cariño —dijo él con exagerada dulzura—. Roddie nos ha invitado a pasar la noche con vosotros.

—¿Sí...? —ronroneó la mujer, acercándose aún más—. Será una maravillosa noche de aniversario, ¿no creéis...?

13

CHRIS ENFILÓ EL LARGO corredor que conducía a los lavabos y encontró la salida indicada por Roberto. Era una sencilla puerta de metal que daba a la parte trasera del Tropical Motel. Fuera, la noche era cálida y silenciosa bajo las brillantes estrellas del límpido cielo del Caribe. La chica respiró profundamente varias veces para alejar los vapores del alcohol y las desagradables imágenes del baboso asedio de Roddie Williams. El aire oxigenado pareció desentumecer su cuerpo y aclarar su mente. Todo lo que ahora necesitaba era una cama donde dormir en paz, y sola, hasta el día siguiente. Entonces encontraría a su hermano Tom, y toda aquella absurda pesadilla habría terminado para siempre.

Comenzó a andar sin prisa, con pasos breves, dando la vuelta al edificio. Pasó frente a las ventanas del comedor y atisbó fugazmente hacia dentro. Fucsia bebía una nueva copa de coñac acurrucada contra el pecho de Roberto, que le decía algo al oído. Chris tuvo un estremecimiento de repulsión y de celos. ¿Qué diablos se proponía aquel chico? Y, especialmente, ¿qué significaba Roberto para ella? «Un buen amigo —se respondió rápidamente—, un agradable compañero de viaje.» Sabía que había algo más, pero prefirió no averiguarlo en ese momento. Ya una vez se había enamorado de un muchacho de profundos y sedosos ojos oscuros, y las cosas habían terminado mal. Cosas tales como el amor y el romanticismo eran para la gente que disfrutaba de la vida «al otro lado de la alambrada». No para ella, que era carne de reformatorio. Lo suyo era huir o caer atrapada. No había lugar para sentimentalismos.

—¿Tomando un poco el aire, señorita? —preguntó una voz a sus espaldas.

Era el portero del motel, que le sonreía con cordialidad profesional.

—Sí... He salido a esperar a mi amigo.

—Hace una noche muy hermosa, ¿no lo cree, señorita?

—Sí, en efecto. Una hermosa noche.

El hombre se llevó la mano a la visera de su gorra y volvió discretamente a su puesto frente a la entrada principal. El reglamento le impedía hablar con los huéspedes de otra cosa que no fuera el tiempo. Chris contempló la carretera, barrida de cuando en cuando por los veloces faros de algún coche, y a lo lejos, las luces teatrales e insomnes de la refinería de petróleo. Hacia el otro lado, una aureola en el horizonte indicaba la proximidad de la ciudad de Ponce. Se dijo que si Roberto no aparecía en los próximos dos minutos, comenzaría a caminar en aquella dirección. Ponce tenía casi ciento treinta mil habitantes, pero ella sería capaz de encontrar por sí sola a su hermano Tom.

En ese momento vio el lujoso automóvil verde de los Williams, que avanzaba hacia ella desde la oscuridad del aparcamiento. Instintivamente, su mente y su cuerpo se prepararon para una rápida huida a través del jardín. El automóvil se detuvo y la rizada cabeza de Roberto García asomó por la ventanilla del lado izquierdo.

—Sube, preciosa —urgió—. Nos vamos a Ponce.

Chris vaciló un instante. No comprendía lo que estaba sucediendo.

—Es una hermosa noche para un paseo hasta la ciudad —dijo el portero, solícito.

126

Chris lanzó un suspiro y se introdujo en el automóvil.

—¿Quieres meterme en un lío? —gruñó, mientras Roberto guiaba el coche por el camino de acceso a la carretera—. ¿Cómo se te ocurre robarles el coche?

El muchacho miró a derecha e izquierda, entró en el camino, aceleró y encendió las luces de cruce.

—Es un coche magnífico —dijo—. Le pedí las llaves a Fucsia con la excusa de recoger tu bolso y mis preservativos. Pareció muy conmovida por mi diligencia.

—¡Eres un irresponsable! —estalló Chris—. Dentro de unos minutos, el viejo Roddie lanzará a toda la policía de Puerto Rico en nuestra busca.

—No creo que lo haga. Le he dado una nota al camarero para que se la entregue.

EN LA RECEPCIÓN DEL MOTEL, Roddie Williams conversaba animadamente con el gerente acerca del nuevo seguro total que había diseñado su empresa para el ramo de hostelería. El hombre le escuchaba con paciente atención, pues no todos los días le llegaba un cliente que pedía una fastuosa cena para cuatro, se alojaba en la suite doble especial y encargaba varias botellas de champán francés para pasar la noche.

Un camarero se acercó a Roddie, llevando una pequeña bandeja de plata conteniendo una hoja de papel, doblada en cuatro.

—El joven que viaja con usted le envía esta nota, señor Williams —dijo.

El vicepresidente de la compañía de seguros alzó las cejas en un displicente gesto de sorpresa y desplegó el papel.

Estimado Roddie:
Ha sido una cena excelente, y le estaremos eternamente agradecidos. Lamentablemente, no podemos quedarnos. Tomamos prestado su coche. Mantenga la cal-

ma. Lo encontrará mañana a mediodía en la plaza central de Ponce. Mientras tanto, procure ofrecer a Fucsia la noche de aniversario que ella merece.

Besos a los dos,

XXX

La firma era un garabato ininteligible. El señor Williams se puso rojo y estrujó la misiva.

—¡Me ha robado el coche! —jadeó—. ¡Ese condenado mestizo me ha robado el coche!

—¿Tiene usted seguro? —preguntó el gerente, con un matiz de ironía.

—¡Llame inmediatamente a la policía! —ordenó Roddie, fuera de sí.

—Por supuesto, señor Williams —dijo el gerente, levantando el auricular del teléfono—. ¿Quiere usted darme la matrícula de su coche y el nombre de ese chico?

—¿El nombre? ¡Yo no sé cómo diablos se llama ese rufián!

—El nombre de la muchacha, entonces.

Roddie Williams tuvo una imperceptible vacilación.

—Tampoco lo sé. Acabábamos de conocerlos —resopló—. Puedo darle la matrícula del coche...

El gerente apretó los labios en un gesto de desaprobación y, lentamente, volvió a dejar el auricular del teléfono en su sitio.

—Señor Williams —murmuró—, ¿va usted a decirle a la policía que invitó a una cena de doscientos dólares y a alojarse en la suite especial a dos jóvenes desconocidos?

—Sí... —balbuceó Roddie—. Es decir, no. En realidad, yo...

—Yo que usted no lo haría. Las cosas están difíciles en Puerto Rico. La policía es muy quisquillosa cuando anda por medio una menor. Ya sabe usted, drogas, trata de blancas y esas cosas... Harán muchas preguntas, señor Williams.

—Comprendo —suspiró el señor Williams—. Será mejor que olvide todo el asunto.

—Es una decisión razonable —aprobó el gerente—. Mañana enviaré a alguien a buscar su coche a la plaza.

—Gracias —musitó Roddie, vencido—, es usted muy amable. ¿Querría hacerme otro favor? Dé orden de que el champán no nos sea servido.

—Así se hará, señor Williams.

ROBERTO CONDUCÍA EL BUICK con gozoso placer por la desierta avenida principal de Ponce. A su lado, Chris había recuperado el ánimo al ver que nadie les perseguía. Aún no era medianoche, pero la ciudad estaba casi vacía y sólo se veían algunos coches y unos pocos peatones. El muchacho llevó el coche hacia la zona portuaria, donde aún brillaban las luces de algunos bares y el rumor de risas y de voces ambiguas.

—¿Adónde vamos? —preguntó Chris.

—Al Rincón de Dolores —respondió Roberto—. Es el nombre de la propietaria.

—¿Fue allí donde encontraste a Tom?

—No. No buscaremos a tu hermano esta noche; es demasiado tarde.

El Rincón de Dolores era un bar, restaurante y pensión semejante a los que pueden encontrarse en cualquier puerto del mundo. En la planta baja había un local lleno de humo, que olía a pescado y a ron, y en el piso superior, una docena de habitaciones para tripulantes, camioneros y modestos viajantes de comercio. Dolores hacía la vista gorda si algunas prostitutas entraban al bar en busca de clientela, pero jamás les permitía utilizar la planta alta para ejercer su oficio. La casa, a su manera, tenía un prestigio que conservar.

Cuando Chris y Roberto entraron al salón, el ambiente se mantenía bastante animado. En una gran mesa del rincón, un grupo de marinos finlandeses bebían cerveza y cantaban, mientras que otras mesas estaban ocupadas por parejas, tríos o grupos de ambos sexos, que pese a todo no parecían dispuestos a irse a la cama.

Cuando la pareja entró, Dolores abandonó su puesto detrás de la barra y se dirigió hacia Roberto. Era una mestiza pequeña y de constitución redondeada, de mediana edad, que traslucía en cada gesto una fuerza interior muy superior a su aspecto y tamaño.

—¡Vaya, Roberto! ¡Qué linda señorita norteamericana has traído hoy!

—Es mi amiga Chris Parker —presentó el chico—. Chris, ésta es Dolores Pacheco, la mejor cocinera de toda la isla.

—¡Huy, qué exagerado! —rió la mujer, halagada—. Sólo sé hacer algún que otro platito; cosas sencillas, señorita. Si gusta, le traeré unos pescaditos para que pruebe.

—Gracias, Dolores, pero acabamos de cenar —se disculpó Chris.

—Un vasito de ron, entonces. Es muy bueno para asentar el estómago.

—Tráenos sólo dos cafés, Dolores —intervino Roberto—. Es tarde, y hemos tenido un día muy agitado.

La mujer asintió, en actitud comprensiva, y luego hizo un guiño al muchacho.

—Siendo así, preparé tu habitación de siempre —anunció con cierto tono de complicidad—. Con vosotros puedo hacer una excepción.

Chris, alarmada por el cariz que tomaba la situación, dirigió a Roberto una severa mirada, para indicarle que aclarara las cosas. El chico carraspeó.

—Dolores, en realidad, Chris y yo somos *sólo* amigos —explicó.

—Qué lástima —se lamentó la mujer con sinceridad—. Bien, lo arreglaremos igual. Tú dormirás en tu habitación y la señorita en mi casa, al fondo del local. —Sonrió cálidamente a Chris—. Le daré el cuarto que ocupaba mi hija antes de casarse. Es muy bonito, y allí nadie la molestará.

—Gracias, Dolores, es usted muy generosa —dijo Chris.

—¡Todo sea por la juventud, que es la sal de la vida! —respondió Dolores, alegremente—. Y ahora, iré a buscaros esos cafés.

Cuando la cantinera se alejó, Chris advirtió que Roberto se mantenía huraño y silencioso.

—¿Qué te ocurre? —preguntó—. ¿Estás enfadado?

El chico le dirigió una mirada dura y fugaz, y hundió aún más la cabeza entre los hombros.

—No debiste humillarme frente a Dolores —dijo con resentimiento.

—¿Humillarte? —repitió ella, confundida—. ¿Respecto a qué?

—Respecto a la habitación —dijo Roberto entre dientes, mirándola ahora con ojos llameantes—. Somos amigos, ¿no? Entonces podemos compartir una habitación. ¿Qué piensas? ¿Que me arrojaría sobre ti en medio de la noche para violarte? ¡Yo no soy un maníaco sexual como Kruger o ese señor Williams! Sé dominar mis instintos.

—Tú tal vez sí —dijo Chris, jugando con unas migas de pan que habían quedado sobre la mesa—. Pero son *mis* instintos respecto a ti los que me preocupan.

Roberto abrió la boca y volvió a cerrarla. Sus ojos contemplaron a la chica con mudo asombro. Su ira de hacía un instante había dejado paso a una total estupefacción.

—¿Tus instintos...? —balbuceó—. ¿Quieres decir que...?

—No te hagas el tonto —dijo ella con ternura, cogiéndole la mano por encima del mantel—. Sabes que me gustas mucho, y creo que yo no te resulto del todo indiferente. De modo que será mejor que tomemos las cosas con calma.

Dolores trajo los dos cafés y un vaso de ron para ella, y se sentó a la mesa con natural familiaridad.

—No acostumbro a beber con los clientes —explicó—. Pero tengo algo que decirte, Roberto.

—Desembucha —dijo Roberto.

La mujer miró a Chris con expresión cohibida.

—¿Puedo hablar delante de la señorita?

—Puedes hablar todo lo que quieras. Ya te dije que ella y yo somos amigos.

—De acuerdo —aceptó Dolores, tras paladear un sorbo de ron—. Se trata de Hans. De tu amigo Hans Kruger.

Al oír aquel nombre, Chris se apretujó instintivamente contra Roberto, y echó una mirada a su alrededor, como si temiera que el alemán surgiera de pronto entre las brumas de humo que flotaban en el salón.

—¿Qué pasa con él? —preguntó el chico, con aparente calma.

—Estuvo aquí esta tarde —anunció Dolores, y dio una pausa para beber otro trago, un poco más largo—. ¡Dios mío! ¡Nunca en mi vida he visto un hombre tan deshecho!

—¿Deshecho? ¿Qué quieres decir con eso?

—Pues que parecía una piltrafa humana. Entró aquí arrastrándose y encorvado como un penitente.

—¿Estaba herido?

—No me refiero a eso —descartó la mujer—, sino a su forma de comportarse. Su cara tenía la expresión que debió de mostrar Judas poco antes de colgarse, y no parecía darse cuenta de lo que ocurría a su alrededor. Le puse delante de las narices un vaso con triple ración de ron y ni siquiera lo tocó. —Inspirada por el tema, Dolores acabó con el contenido de su propio vaso—. Sólo se mantuvo allí, en aquella mesa, absorto. Luego ocurrió algo que no te vas a creer: comenzó a llorar, calladito, con las manos aferradas una a la otra. Jamás hubiera pensado que de aquellos fríos ojos de lagarto pudieran brotar tantas lágrimas. Y te aseguro que no estaba borracho.

—¿Habló usted con él? —preguntó Chris, impresionada por el relato.

Dolores meneó la cabeza con un cómico gesto de consternación.

—No acostumbro a meterme en los asuntos de mis clientes —advirtió—, pero aquel tipo tenía algo que necesitaba echar fuera. De modo que me planté ante él y le pregunté qué demonios le ocurría.

—¿Y qué le dijo Hans? —terció Roberto.

—No mucho, que yo pudiera entender, salvo que se sentía culpable de algún hecho tremendo y que jamás podría perdonarse, o algo así. Hablaba de una forma incoherente y entrecortada, entre sollozos, ¿comprendes? Todo lo que saqué en limpio fue que estaba metido en un lío gordo, o por lo menos eso creía él. ¿Crees que se habrá cargado a alguien?

—¡No! —replicó Chris impulsivamente—. Hans no ha hecho daño a nadie.

La mujer la miró con cierta sorpresa.

—Pues eso es lo que parecía —afirmó.

Roberto se mordisqueaba los labios, preocupado. Luego, lentamente, se puso de pie.

—¿Está en una de las habitaciones de arriba? —preguntó.

Dolores suspiró, con un gesto de negación.

—No quiso quedarse. Dijo que temía encontrarse contigo.

—Bien —murmuró el chico—. Será mejor que acompañe ahora a Chris a su habitación. Necesita descansar.

—De ningún modo —protestó la muchacha—. Te acompañaré a donde vayas.

—Sólo llevaré el Buick de Williams hasta la plaza —explicó Roberto—. Le prometí que mañana lo encontraría allí, y no queremos líos, ¿verdad?

Chris estudió al muchacho fijamente y él desvió la mirada.

—Y después irás a buscar a Hans, ¿no es así?

—Si lo hago, será un asunto entre él y yo, y tú no debes entrometerte.

Dolores sonrió para demostrar su aprobación y sujetó con amable firmeza el brazo de Chris, mientras Roberto se alejaba hacia la puerta.

—Es mejor así, señorita —dijo—. Ellos son hombres.

Chris no pudo discernir si lo decía con admiración o con lástima.

14

CHRIS DESPERTÓ DE UN sueño pesado y turbulento, en el
que se mezclaban confusas imágenes de todo lo ocurrido el
día anterior. La risa amenazante de Hans Kruger se trans-
formaba en el rostro lloroso y culpable que había descrito
Dolores, y la opulenta Fucsia Dellapierre se contoneaba en
el escenario de un indescriptible club nocturno, cuyos úni-
cos parroquianos eran Roddie Williams y la propia Chris,
que bebían inmensas botellas de champán. También Ted
Konia había visitado aquel sueño, con su tubo respiratorio
en la nariz y enarbolando su frasco de suero como una té-
trica bandera. Se acercaba a ella, sonriente, hasta que su
imagen se confundía con la de Roberto, y luego ambos se
sintetizaban en Tom Parker, que la miraba desolado y repetía una y otra vez: «¿Qué has hecho, hermanita? ¿Qué has
hecho?», y parecía que iba a abrazarla, pero en realidad la
empujaba desde lo alto de un acantilado, tan alto como el
cerro Punta Jayuya, hacia un precipicio sin fondo.

Fue entonces, en medio de aquella caída de liberación y
de castigo, cuando Chris abrió los ojos. Nunca llegaría al
fondo del abismo.

Se encontró en la bonita habitación que había pertenecido a la hija de Dolores, acostada en una cama colonial de madera oscura, cuyas sábanas olían a jabón perfumado. Por la ventana, ornada con suaves cortinas de color naranja, la luz anunciaba el esplendor del día. No quiso consultar su reloj, que había dejado sobre la mesita de noche. Se retorció voluptuosamente bajo las sábanas, dejándose invadir por una agradable sensación de plenitud física recobrada. Pese a las pesadillas, su cuerpo había descansado bien y se mostraba agradecido.

Saltó de la cama y se vistió la única muda de ropa que llevaba en el bolso: unas bragas limpias, una camiseta roja que llevaba impresa la palabra «amor» y un pantalón tejano tan descolorido como el otro, pero sin costras de barro. Metió las prendas sucias en el bolso y confió en que Dolores tuviera por allí una lavadora.

El viejo y negro armario ropero lucía en su puerta central un gran espejo ovalado. La imagen que reflejaba era bastante convincente, una vez se hubo cepillado el pelo. «Bien, chica —se dijo Chris contemplándose con aire crítico—, tu hermano Tom no podrá quejarse. Tienes todo el aspecto de una muchacha del continente que ha viajado con sus ahorros para visitar a su familia. Esperemos que se lo crea.»

Sonaron unos golpes en la puerta y luego alguien llamó desde el otro lado, en voz queda.

—¿Chris? Soy yo, Roberto. Déjame entrar.

Con un suspiro, la chica destrabó el pestillo. Roberto García entró sonriente, peinado y lavado, pero con cara de no haber dormido en toda la noche.

—Todo está arreglado —anunció, lanzando una tierna mirada hacia la cama deshecha—. ¿Has dormido bien?

—Como un ángel —dijo Chris—. ¿Y tú?

—No he tenido tiempo, pero valió la pena. Ya nada impide que tú te encuentres con tu hermano, y que yo regrese a San Juan en nuestro viejo camión cisterna repleto de gas.

Una pequeña bola de angustia comenzó a crecer en el pecho de Chris.

—¿Has encontrado a Hans? —preguntó.

—Sí, y no resultó fácil. Hablamos durante horas. El pobre hombre estaba desolado y amenazaba con arrojarse desde el muelle. Logré convencerle de que no era él el culpable, sino esa esquirla que tiene en la cabeza, y que lo mejor que podíamos hacer era seguir con nuestro trabajo. ¿Sabes? Hay un cirujano en Filadelfia que está dispuesto a operarlo. Pero es una intervención complicada y costosa. Hans ahorra todo lo que gana en nuestros viajes, y ya le falta poco para poder pagarla.

—Me alegro por él —dijo Chris—, y por las jovencitas que lleve después en su camión.

—No le guardes rencor —pidió Roberto—. Es un buen tipo cuando no le dan los ataques, y estaba arrepentido de veras. Le dije que tú le habías perdonado.

Sentado en el borde de la cama, el muchacho la miraba expectante. Uno de sus rizos le caía sobre la frente, dándole un aire infantil. Chris, sin poder contenerse, se acercó y le arregló el pelo. Luego se puso en cuclillas, para que su rostro quedara a la misma altura que el de él.

—¿No comprendes, Roberto? —murmuró—. Hans Kruger es un desesperado, y hace bien en jugarse la vida en el camión cisterna para pagar su única esperanza de no volverse loco. Pero tú, ¿por qué lo haces?

El chico se miró sus propias manos, confundido.

—Me gusta ese trabajo —dijo, sin mucha convicción; luego procuró sonreír—. Además, tampoco me viene mal el dinero...

—¡No te creo! —estalló Chris, cogiéndole por los brazos y zarandeándolo—. ¡Lo haces por Kruger, nada más que por él! Sabes que solo no podría conducir, con sus ataques de jaqueca, y arriesgas tu vida por ayudarlo.

—Escúchame, Chris... —rogó Roberto.

Ella saltó impulsada por su propia ansiedad, y se dirigió a la ventana, procurando dominarse.

—Debes entenderlo... —musitó—. Tienes una dependencia enfermiza hacia ese hombre, y si él lamenta lo que intentó hacerme, tú lamentas mucho más haberle derribado a golpes. ¿No lo comprendes? Corres detrás de él como si fueras su niñera.

—Él me necesita, Chris.

La chica cerró los ojos para no seguir viendo la expresión de sumisa abnegación que en ese instante reflejaba el rostro de Roberto.

—Yo también te necesito —dijo—. Y tu padre, y otras personas que sin duda te quieren. No tengo nada contra la solidaridad entre los hombres, pero que un chico que aún no ha cumplido veinte años se suicide por amistad, es llevar las cosas demasiado lejos.

—Nadie se suicida —replicó él—. Es un riesgo calculado. Las estadísticas demuestran que no hay más de una probabilidad entre...

—¡De acuerdo! —chilló Chris—. Si eso es lo que te place, sigue montado en esa bomba ambulante junto a ese loco alemán, hasta que ambos saltéis por el aire. A mí... ya no me importará... —concluyó, ahogada por los sollozos.

Desfalleciente, se dejó caer de bruces sobre la cama, llorando y maldiciendo en voz baja su destino. Roberto se inclinó sobre ella.

—Cálmate, chiquilla —dijo, apoyándole tímidamente una mano en el hombro—. Tienes los nervios deshechos a causa de todo lo ocurrido. Ahora bajaremos a tomar un delicioso desayuno preparado por Dolores, y luego iremos a buscar a tu hermano.

Chris giró sobre sí misma, sorbiendo sus lágrimas. Su movimiento hizo que quedara prácticamente en brazos de Roberto. No hizo ningún intento por desasirse.

—¿Me acompañarás a ver a Tom? —preguntó.

—Por supuesto, te lo he prometido.

La mano de ella se apoyó en el pecho del chico, rozándole la piel que dejaba ver la camisa entreabierta.

—Y luego... No te irás con Kruger, ¿verdad?

Roberto se apartó, con un lento movimiento instintivo.

—No se trata sólo de Kruger —dijo—. También está Teresa.

Chris se incorporó a medias.

—¿Quién es Teresa? —preguntó, deseando no oír la respuesta.

CANTURREANDO UNA ANTIGUA canción borinqueña, que hablaba de esclavitudes y amores imposibles, la pequeña y diligente Dolores disponía las mesas de su salón para los escasos clientes que solían almorzar allí. En realidad, el Rincón de Dolores sólo cobraba verdadera animación a partir de las seis de la tarde, cuando los trabajadores del puerto y los tripulantes de los barcos dejaban sus tareas y buscaban esa rara mezcla de diversión y calor familiar que era la especialidad del local. Al mediodía, sólo algunos jubilados y empleados de los comercios del barrio se acercaban por allí, atraídos por la suculenta sopa de pescado, el arroz con pollo y los bajos precios de la casa. Dolores les conocía a todos, y a la mayor parte les llamaba por su nombre. Por eso supo en seguida que el hombre que acababa de entrar no era uno de sus parroquianos habituales. Casi podía jurar que ni siquiera era vecino de Ponce.

El hombre, corpulento y con aspecto de gringo del continente, parecía haber llegado allí por equivocación o por lo menos sin rumbo fijo. Se detuvo cerca de la puerta, contemplando al azar los viejos carteles que adornaban las paredes. Dolores se aproximó, limpiándose las manos en el delantal.

—¿Puedo servirle una copa, señor? —ofreció—. ¿O prefiere comer? Tenemos un buen menú de la casa. Platos típicos, sencillos y baratos.

—En realidad, no pensaba tomar nada. Pero aceptaré una cerveza, si usted me acompaña —dijo el hombre, acercándose a la barra.

—Nunca bebo con los clientes si no son *amigos* míos.

El desconocido asintió, apoyando ambas manos sobre el mostrador. Eran manos grandes y cuidadas, cubiertas de vello rubio. Sin duda, aquel tipo no era marinero ni cargador portuario. Pero sus dedos eran nerviosos y tensos aun en reposo, como si estuvieran prontos a manejar instrumen-

139

tos de precisión. Armas, por ejemplo. Dolores tenía una teoría completa sobre las manos, la cual le había ayudado mucho en su difícil trato con la gente.

—En un trabajo así, debe de tener usted muchos amigos —comentó el hombre.

—Los necesarios —respondió la mujer, destapando el botellín de cerveza.

—Casualmente, ando en busca de una amiga mía —dijo el forastero, en medio de un disimulado bostezo—. Una chica joven, de unos dieciséis años. Es blanca, de pelo castaño y bastante bonita. Además, tiene una bonita figura.

—Todas la tienen a esa edad —suspiró Dolores—. Y, si me permite decirlo, está usted bastante crecido para esa clase de amistades.

El hombre bebió de un solo trago la cerveza, lo cual le llevó algo de tiempo. Después esbozó una sonrisa de resignación.

—En realidad es mi sobrina —confesó—. Tuvo una discusión con su madre y... ya sabe usted.

—Problemas de familia —dijo la mujer, comprensiva—. ¿Quién no los tiene?

—Es probable que estuviese aquí anoche —espetó súbitamente el desconocido, entrando en materia—. La acompaña un chico moreno, más o menos de su misma edad, y quizás un alemán cuarentón y medio loco.

Dolores puso los brazos en jarras y contempló al hombre con gesto de conmiseración, como si le apenara que existieran tipos tan ingenuos como él sobre la tierra.

—¿Sabe usted cuántas personas pasan por aquí cada noche? Cada cual tiene su problema. Yo les doy de comer y de beber sin hacer preguntas. En realidad, ni siquiera les miro la cara.

—Ver por aquí a una chica de dieciséis años pudo llamar su atención —apuntó el hombre.

—A mí nada me llama la atención —replicó Dolores.

—¿Tampoco el dinero? —preguntó el hombre con voz meliflua.

140

Entre sus dedos sabios había brotado un billete de cien dólares.

CHRIS HABÍA ESCUCHADO EN silencio mientras Roberto le explicaba que Teresa era su novia casi desde la infancia, y que pensaban casarse dentro de dos años, después que él cumpliera con la milicia. Por eso había aceptado trabajar con el camión cisterna, porque la triple paga le permitía ahorrar para la boda, y para comprarse una casita en San Juan, cerca de la de sus padres. Una historia simple de gentes sencillas, pensó la muchacha. Gentes que jamás había oído hablar de reformatorios juveniles, que habían vivido toda su vida en el mismo barrio, enamorándose para siempre de la niña del vecino y siguiendo el mismo oficio del padre, con una naturalidad fatalista y confortable. El mundo de Roberto terminaba en los límites de aquella isla que él recorría con su camión. Su fantasía juvenil se alimentaba con los relatos de Hans Kruger y alguna suave borrachera en el Rincón de Dolores. Era otra manera de vivir, «del otro lado de la alambrada». Una manera más sana e inocente, quizá, pero igualmente ajena para ella. Pensó que hubiera sido agradable crecer en aquel mundo primario y soleado, tener un padre alegre y comprensivo como Pancho García y casarse con un chico guapo y trabajador como Roberto. Sólo que ésa no era su historia.

—Teresa es una chica afortunada —murmuró con tono sincero.

Roberto la miró, cariacontecido. Su relato había sido vacilante y entrecortado, pero había habido un fondo de firmeza en su explicación, que Chris advirtió claramente mientras aquella bolita de angustia estallaba en su interior, dejando paso a un gran vacío.

—No te burles de mí —dijo él.

—No me burlo, Roberto. Lo que ocurre es que estoy muerta de celos y de envidia.

—Somos amigos, Chris —dijo el muchacho—. La amistad es el sentimiento más valioso entre las personas.

—Así es —suspiró ella—, y también el más sacrificado.

Roberto se acercó, la estrechó entre sus brazos y luego la besó dulcemente en la comisura de los labios.

—Anda, vamos a buscar a Tom —propuso.

UNA ENORME GRÚA RODANTE sobre unas vías que corrían a todo lo largo del muelle atrapó un container de hierro y lo izó en el aire como si se tratara de un bollo de crema que se disponía a engullir. Chris contempló fascinada la operación, olvidando por un momento el motivo por el que ella y Roberto se hallaban en aquel sector del puerto. El hombre que estaba dentro de la cabina de la grúa manejando los controles asomó la cabeza para ver mejor el desplazamiento del container. Un negro con guantes amarillos le hacía señas indicativas desde abajo y un grupo de tripulantes seguía expectante la operación desde la cubierta del barco. Junto a ellos se apilaban ya varios containers similares al que ahora oscilaba en el aire. La pluma de la grúa se elevó y giró sobre sí misma. Siguiendo su trayectoria, la pesada caja metálica quedó suspendida sobre la cubierta. Los hombres del barco gritaban órdenes y agitaban los brazos, mientras los cables cedían lentamente para hacer descender el container y depositarlo exactamente en su sitio, junto a los demás. Cuando la caja tocó el suelo, colocada milimétricamente en el lugar asignado, el conductor de la grúa sonrió satisfecho y los tripulantes de la cubierta corrieron a desenganchar los cables.

El capataz de guantes amarillos que había dirigido la operación se echó la gorra hacia atrás para secarse la frente. Luego se volvió hacia un hombre alto y pelirrojo que se encontraba algo más atrás con una tablilla de anotaciones en las manos.

—Ya hemos cargado dieciocho, señor Parker —anunció.

Al oír aquel nombre, Chris sintió que su cuerpo era recorrido por una especie de corriente eléctrica. Sí, no cabía duda, se trataba del mismísimo señor Parker. O sea, su adorado hermano Tom, con la piel más tostada por el sol y el cabello color ladrillo un poco más ralo, balanceando su cuerpo desgarbado sobre las largas piernas, concentrado en hacer anotaciones sobre la tablilla. En un segundo, Chris memoró velozmente las imágenes de su intensa y conflictiva relación con aquel hombre, que era el único familiar que le quedaba en el mundo. Las complicidades y peleas infantiles, la boda con Janie y su abandono del hogar para formar otra familia, su regreso tras la muerte del viejo Parker y la sucia trampa de pedir que volvieran a recluirla en el reformatorio. Pero aquello pertenecía al pasado. Las generosidades y traiciones de Tom para con ella habían sido sólo el reflejo de sus propias contradicciones, de su desesperado intento por construirse una vida decente, distinta del clima de marginación, violencia y alcoholismo que ambos habían vivido cuando niños en la vieja y mísera casa de los Parker. Chris había huido de allí a su manera, y Tom a la suya. Después, se habían amado y traicionado con similar pasión. Si Chris no llevaba mal las cuentas, ahora había llegado la hora de un reencuentro feliz, en el que ambos se ayudaran mutuamente.

—Espera aquí un momento —susurró Roberto en su oído.

El muchacho saltó sobre las vías y corrió hacia Tom Parker, que en ese momento se afanaba junto al capataz negro, dirigiendo la operación de enganchar un nuevo container a los cables de la grúa. Al oír los gritos de Roberto, Tom se apartó y ambos se confundieron en un abrazo. Desde su sitio junto a un gran depósito de chapas de cinc, Chris vio que ambos hombres hablaban y que Roberto señalaba con el brazo hacia ella. Tom se volvió y avanzó algunos pasos, deteniéndose a mirarla con los brazos caídos y las piernas abiertas, como hacía de pequeño cuando ella volvía a casa después de una travesura.

Chris tomó aliento y comenzó a caminar.

15

—HOLA, CHRIS. ¿CÓMO ESTÁS? —dijo Tom, mirándola fijamente.

—Bien, Tom. ¿Y tú?

Se había detenido a unos dos metros de él, y el corazón parecía a punto de escapársele por la boca. Sentía deseos de saltar sobre su hermano, de cobijarse en su pecho y relatarle todas sus desdichas y peripecias, para que él la consolara y le dijera que nunca más volvería a ocurrirle nada desagradable, porque ya estaban otra vez juntos. Pero no convenía mostrarse impulsiva con Tom. Era un hombre cauteloso y severo, que se tomaba su tiempo antes de expresar sus sentimientos. Si es que decidía expresarlos. Aquel día no parecía muy dispuesto. Contempló otro momento a Chris, de pie y expectante bajo el sol, en aquel muelle. Luego se acercó, la tomó por los hombros y le dio un beso en cada mejilla.

—Me alegro de volver a verte —dijo—. Ha sido una verdadera sorpresa.

—¿Podré quedarme con vosotros?

—Ya hablaremos —respondió Tom, lanzando una fugaz mirada hacia Roberto.

El chico comprendió que estaba estorbando y tendió la mano a Tom, que se la estrechó con fuerza.

—Bien, tengo que irme —declaró—. Hans y su camión me esperan en la refinería.

Luego se volvió hacia Chris:

—Adiós, amiga —dijo.

—Adiós, Roberto, y gracias por todo lo que has hecho por mí.

El muchacho no la besó ni le tendió la mano. Simplemente, comenzó a retroceder, tropezando en los adoquines. A Chris le pareció que sus ojos estaban húmedos, pero quizá fuera el reflejo del sol. Al llegar junto al depósito de cinc, Roberto giró sobre sí mismo, hizo un gesto desmañado con el brazo y desapareció.

—Es un buen chico —dijo Tom.

—Sí que lo es —acordó la muchacha.

Su hermano, inesperadamente, le pasó el brazo en torno a la cintura y le sonrió con su antigua sonrisa desprevenida y jovial.

—¡Venga, hermanita! ¡Vamos a celebrar nuestro encuentro! —exclamó con súbita cordialidad—. Tomaremos una cerveza y luego te llevaré a casa. En el camino, me darás detalles sobre ese indulto que te ha concedido el juez de menores.

—Sí, claro... —balbuceó ella—. Ha sido algo verdaderamente inesperado. Aunque a veces lo hacen, si has tenido buena conducta...

Apretó el paso y abrazó a su vez la cintura de Tom, dispuesta a disfrutar de aquel momento de dicha. Ya habría tiempo para las explicaciones.

JANIE, LA ESPOSA DE TOM, era una mujer bonita y sencilla, con un gran corazón siempre dispuesto a querer y ayudar a los demás. Quizás en exceso, en opinión de su marido. Cuando éste y Chris arribaron a la confortable casa de los Parker, Janie no disimuló su emoción ni su alegría. Corrió a abrazar a Chris, la regañó por no haber avisado de su llegada y la cubrió de besos al tiempo que le decía que estaba más hermosa que nunca, todo en medio de lágrimas, risas y gritos de los niños que preguntaban qué ocurría.

—Basta ya de lágrimas, mujeres —gruñó Tom—, y vamos a preparar una buena cena.

Así lo hicieron. Janie se afanaba en la cocina mientras relataba a Chris las mil y una pequeñas peripecias que ella y Tom habían sufrido durante su ausencia. Chris deambulaba disponiendo la mesa, deteniéndose para escuchar un pasaje especialmente interesante o preguntar dónde guardaban el salero. Tom se había sentado a ver televisión, sin desentenderse del todo de la charla de las dos mujeres, interviniendo de vez en cuando para agregar un detalle de su cosecha o un comentario que redondeaba el relato de Janie. Tommy, el chico mayor, correteaba detrás de un camión de bomberos eléctrico que tropezaba con todos los muebles de la sala, y la pequeña Rosie gateaba dentro de su corralillo, emitiendo agudos sonidos incomprensibles.

Chris se sentía transportada a una especie de nube hogareña y esponjosa, que compensaba todos sus meses de soledad y amargas experiencias con hampones y marginados. Si aquélla era la insípida vida de una típica familia norteamericana de clase media, eso era exactamente lo que ella quería. Tal vez, porque nunca la había tenido.

Después de comer, Janie subió a acostar a los niños. Chris y Tom se quedaron solos, separados por la mesa cubierta de manchas de Coca-Cola, trozos de pan y platos con restos de comida.

Tom se sirvió otra taza de café y ofreció la cafetera a la chica, que la rechazó con un gesto. Su hermano encendió un cigarrillo y la miró de hito en hito, con amable solemnidad.

—Bien, Chris, todos nos alegramos de tu visita —dijo—. Espero que puedas descansar unos días aquí, antes de regresar a tu trabajo.

—¿Mi trabajo...?

—Me has escrito que trabajabas en el continente —apuntó él, suspicaz.

—Oh, sí. He podido arreglármelas. Pero ya sabes cómo es, Tom. Son trabajos temporales, sin compromiso permanente. —Cogió un cigarrillo del paquete de Tom y, mientras lo encendía, se dio ánimos para continuar—: Esperaba poder quedarme aquí, con vosotros. Puedo encontrar un empleo y ayudar a Janie en la casa y cuidarme de los niños...

Tom parpadeó, impasible.

—Comprendo... —musitó—. No creo que sea posible, Chris.

—Es lo que más deseo en la vida, Tom. No tengo a nadie a quien...

—Lo sé —la cortó él—. Sé que soy responsable de ti. Y por eso mismo pienso que no debes quedarte aquí. Ahora que no tienes cuentas pendientes con la justicia. Tu sitio está allí, en Estados Unidos. Debes trabajar y estudiar allá, y labrarte un porvenir. Yo te ayudaré en lo que pueda. Aquí, en la isla, no hay sitio para una muchacha como tú.

—Ni en tu casa tampoco, ¿no es eso? —dijo ella con antiguo rencor—. Temes que contamine a tus hermosos hijos con mis modales de reformatorio.

—Chris, por favor...

—Lo comprendo, Tom. Es una vieja discusión —dijo ella amargamente.

El joven, exasperado, dio un puñetazo sobre la mesa.

—¿No te das cuenta de que quiero lo mejor para ti? —gritó.

—¡No es cierto! —replicó Chris, encendida—. Todo lo que quieres es librarte de mí.

—¡Ah, no! —exclamó Janie, al pie de la escalera—. ¡No permitiré peleas entre vosotros dos! Por lo menos, no esta noche —matizó, con una sonrisa resignada.

PASARON TRES DÍAS, DURANTE los cuales Chris descansó, se dedicó a jugar con sus sobrinos y a mantener amables charlas con Janie, mientras ésta le enseñaba a preparar el pastel de pollo o a cambiar los pañales de la pequeña Rosie. La chica pasaba todo el día en la casa disfrutando con las tareas domésticas, tan inhabituales para ella, y sólo salía para hacer alguna compra o llevar a Tommy al parvulario. Tom se marchaba temprano por la mañana y regresaba al caer la tarde, sentándose a ver televisión hasta la hora de la cena. Él y Chris habían establecido un mutuo acuerdo de no agresión. No podía durar demasiado, pero había permitido que la chica pudiera disfrutar de aquellos tres días, y tal vez de unos cuantos más. Según Janie, eso era todo lo que podía pedírsele a Tom, antes de que volviera sobre el asunto.

El día siguiente era el último del mes y Janie salió para arreglar sus cuentas con los comerciantes del barrio y hacer algunas diligencias. Chris se quedó a solas con Rosie y descubrió que una niña de un año era una inagotable fuente de sorpresas y de diversión, si uno era capaz de entrar en su limitado y maravilloso mundo privado. Cada gesto era un descubrimiento, cada fracaso una frustración inconsolable y cada éxito una desbordada exaltación. Enfrascadas ambas en la apasionante tarea de armar una pirámide de cubos de colores, sin que ninguno sobrara ni faltara, ni siquiera oyeron a Janie cuando regresó de la calle.

—Bien, amiguitas —comentó Janie—. Parece que lo estáis pasando en grande.

Chris se puso de pie, algo entumecida por haber estado agachada casi toda la mañana.

—No ha llorado ni una sola vez —anunció, muy ufana—. Estábamos demasiado ocupadas para esas niñerías.

—Eres sensacional —elogió su cuñada—. Ahora ven conmigo y ayúdame a prepararle su comida. Tengo algo que decirte.

—¿De qué se trata? —preguntó la chica en cuanto estuvieron en la cocina.

Janie la miró con un gesto al mismo tiempo cómplice y cariñoso.

—Mira, Chris. Yo puedo ser sólo una simple ama de casa, pero no soy tonta —declaró—. Sé que tú quieres quedarte aquí, y que a Tom esa idea no le cae bien. Por eso discutíais la otra noche.

—Sí... —murmuró Chris—. Supuse que lo habías advertido.

—También tengo algunas suposiciones —agregó Janie—. Supongo que tu situación no es tan clara como has dejado creer a Tom, y creo que él sospecha que lo engañas.

Chris observó alelada a su cuñada mientras ésta freía el bistec para la niña en actitud displicente. Con su aire doméstico, era una mujer más inteligente de lo que ella había imaginado.

—¿Qué es lo que tratas de decirme? —preguntó—. ¿Quieres que me marche?

Janie sonrió enigmáticamente y apagó el quemador de gas. Quitó el bistec de la sartén y lo colocó en un plato que contenía puré de patatas y zanahorias.

—Quiero ayudarte, Chris. Yo conozco a Tom, y sé cómo hay que tratarlo —declaró—. En primer lugar, deberás independizarte. Buscarte un trabajo aquí para que puedas tener tu propio dinero y no te veas precisada a estar rondando todo el día por la casa. Eso lo tranquilizará. Y si se pone pesado, podrás tomar una habitación de alquiler por aquí cerca y permanecer en Ponce sin depender de Tom. Nos verás diariamente a mí y a los niños, y él terminará por aceptar los hechos consumados. Es un hombre irascible e inseguro, pero no obcecado. De todas formas, tú no puedes volver al continente, ¿no es así?

Después de decir esto, Janie se mordió los labios y bajó la mirada, como si no quisiera presionar a Chris con su pregunta.

—Digamos que no sería conveniente mi regreso —respondió la chica, aceptando el ambiguo tono confidencial de su cuñada.

—Bien, eso aclara las cosas —dijo Janie—. ¿Quieres traer a la niña, por favor? Su comida se enfría.

Apretando a la diminuta Rosie contra su pecho, Chris se detuvo en el umbral de la puerta. La propuesta de Janie daba vueltas en su cabeza, y le planteaba algo que ella había olvidado en aquellos pocos y felices días: la cruda realidad.

—Creo que tienes razón, Janie —admitió, mientras colocaba a la niña en su sillita—. Mañana comenzaré a buscar trabajo.

El rostro de Janie se iluminó.

—No será necesario —rió, con tímida connivencia—. He hablado con Rockie Machado, el dueño de la lavandería. Necesita una chica que se ocupe de atender a los clientes y clasifique las prendas. También planchar un poco de vez en cuando. Si no sabes hacerlo, yo te enseñaré. Rockie no te pagará mucho, pero tampoco hará preguntas. ¿Qué me dices?

Chris se abrazó a su cuñada y le besó apasionadamente la punta de la nariz.

—¡Qué maravillosa eres, Janie! —exclamó con lágrimas en los ojos.

—Ta, ta... —agregó Rosie, enarbolando la cuchara cargada de papilla.

AQUEL DÍA ERA SÁBADO y Tom trabajaba media jornada. Cuando llegó a su casa, con gesto adusto y actitud huraña, habían pasado diez minutos desde la escena anterior. Sin saludar a las mujeres, encendió un cigarrillo y se dejó caer en el sillón de la sala. Rara vez fumaba antes del almuerzo.

—¿Ocurre algo, Tom? —preguntó Janie desde la cocina.

—He tenido un día infernal —dijo él.

Si esperaba que su esposa y su hermana corrieran a consolarlo, se llevó un chasco. Ellas siguieron atareadas preparando la comida en silencio, y el único sonido que llegaba de la cocina eran los «Ta, ta» de Rosie y sus golpes de cuchara. Tommy no estaba en la casa, pues pasaba el día con la familia de uno de sus amiguitos. Algo amoscado, Tom se puso de pie y se preparó un martini. Luego, con el vaso en la mano, se dirigió hacia la cocina y se apoyó en el vano de la puerta.

—¿Sabéis? —dijo—. Creo que un tipo me ha estado siguiendo.

—¿Un tipo? —preguntó Janie, agachada para vigilar el horno.

—Eso es. Un tipo tan alto como yo, pero más robusto. Con toda la pinta de lo que aquí llaman un gringo. Rondaba por la puerta de la oficina, y anduvo detrás de mí hasta el aparcamiento. Luego, cuando venía hacia aquí en el coche, me pareció que otro automóvil me seguía. Juraría que era él quien estaba al volante.

—Ves demasiadas series en la televisión —dijo Janie, con una risa nerviosa.

—¿Te siguió hasta aquí? —preguntó Chris, procurando que no se notara su curiosidad.

—No, hermanita. Lo despisté al cruzar el puente viejo, y luego di un rodeo. —Tom lanzó una expresiva mirada en dirección a Chris—. Pero no me gusta el asunto, *yo* no he hecho nunca nada para que alguien pueda seguirme.

—¿Entonces, por qué te preocupas? —protestó Janie—. Anda, vamos a la mesa.

LA LAVANDERÍA DE ROCKIE Machado era un sitio agradable, donde el trabajo formaba parte de la vida y viceversa, sin que nadie se preguntase que quizá las cosas debían ser de otra manera. El ambiente era esencialmente femenino merced a la presencia constante de la señora Machado, sus hijas, sobrinas, hermanas y protegidas, que formaban el personal de la casa. Lavando, planchando y cosiendo botones a la vista del público, no sólo del que entraba en la lavandería sino de quienes pasaban por la acera y veían a través de los amplios ventanales aquellas mujeres de delantal almidonado y permanente sonrisa, ofrecían una imagen de pulcritud y familiar dedicación que era el secreto del éxito del negocio. El señor Machado sólo se ocupaba de controlar las cuentas y conversar con algún cliente, aunque la mayor parte del tiempo lo pasaba en el bar de la esquina, donde sostenía interminables peroratas sobre béisbol y astrología, sus dos temas predilectos.

—Una Piscis con Neptuno ascendente —dijo aquel día mirando a Chris—. Sin duda tienes un destino agitado. Tu suerte es un enigma, pero traerás fortuna a los demás, por lo menos hasta febrero del año que viene, de modo que el puesto es tuyo.

Dicho lo cual la presentó a la señora Machado, una versión mayor y más inmaculada de Dolores Pacheco, pero igualmente animosa y dispuesta.

—Ésta es la chica que se ocupará del mostrador —dijo Rockie—. Una muchacha guapa y rubia ayuda en cualquier negocio.

La mujer explicó a Chris lo que tenía que hacer, que no era mucho. Recibir a los clientes y darles un *ticket* si iban a utilizar una de las máquinas lavadoras, o un resguardo si dejaban la ropa para que la lavara el personal de la casa. Era un trabajo sencillo, y el primer día Chris se afanó por hacerlo a conciencia y ser amable, pese a su escaso dominio del español.

Janie se mostró muy interesada y pidió a Chris que le contara detalladamente todo lo que había ocurrido en la lavandería. Pero la llegada de Tom interrumpió sus confidencias. Ambas habían decidido que no le dirían nada al jefe de la casa hasta que el nuevo puesto de Chris no estuviera asegurado.

Al día siguiente, Chris estaba de espaldas a la puerta, contando y clasificando una pila de camisas planchadas, cuando vio la sombra de una silueta conocida reflejada en los cristales y una voz suave le dijo:

—¿Querrías recoger mi ropa, Christine Parker?

16

ROBERTO GARCÍA, SOSTENIENDO en sus manos una pequeña bolsa de ropa sucia, le sonreía con sus blancos dientes que resaltaban en la piel morena. Chris se quedó de una pieza. Aquel muchacho era un nexo con el pasado que ella quería olvidar, y en cierto modo un intruso en el frágil mundo que se había construido junto a Janie, los niños y las dicharacheras planchadoras. Pero también supo que algo inevitable y vital ocurría dentro de ella al ver nuevamente los ojos cálidos del chico, sus manos morenas estrujando la bolsa, y oír su voz que le decía dulcemente:

—Me costó bastante encontrarte, Chris. Necesito hablar contigo.

—No tenemos nada que hablar, Roberto. Déjame en paz —respondió en un tono rencoroso que la sorprendió.

—Recoge mi ropa —insistió él.

Y a cada prenda que sacaba de la bolsa, rozaba los dedos de ella y la miraba intensamente, buscándole los ojos.

Rockie, que estaba conversando con una clienta sobre la influencia que ejercen los astros en el destino de las personas, se interesó por aquella escena muda y tensa que se desarrollaba a dos pasos de él. Se acercó con aire ausente y campechano.

—Un pantalón tejano —decía Chris, llenando el boleto—, una camiseta, dos... prendas interiores, una camisa de manga larga...

—Pon también un corazón sucio y arrugado de pena —dijo Roberto, sin preocuparse de que Rockie lo escuchara.

—¡Aries! —exclamó el dueño de la lavandería, dando una palmada en la espalda del chico—. Tú eres un romántico contrariado del segundo decanato.

—Y usted un típico Libra —respondió Roberto con aire enigmático—, cuyo corazón ardiente lucha incesantemente contra una mente demasiado equilibrada. Y si no me equivoco, partidario de los Marinos de Miami, que el domingo tienen un partido decisivo en la liga de béisbol.

—Lees en mi alma como en un libro abierto —resopló Rockie—. Sin duda eres un elegido. ¿Crees que ganarán los Marinos?

Chris escuchaba absorta este diálogo absurdo y esotérico, y se dijo que nunca terminaría de penetrar en los curiosos recovecos de la vida.

—Puede apostar por ellos —decía en aquel momento Roberto—; el entrenador de los Yanquis tiene su suerte obstruida por Marte, que está en conjunción con Urano. Nadie puede superar ese estigma del destino.

—Y que lo digas, muchacho —gimoteó Rockie, emocionado—. ¿Qué sistema utilizaste para trazar su carta?

—El antiguo mapa astral de Balsamo, con las modificaciones de Robert Finch —respondió el chico sin pestañear.

—Es el mejor, verdaderamente —aceptó Rockie—. ¿Puedo hacer algo por ti? Desde luego, el lavado de tu ropa corre por mi cuenta.

—Gracias, maestro. Pero ése no es mi problema.

—Dime entonces qué te preocupa.

Roberto acercó su boca a la oreja de Machado demostrando con ello no querer ser oído por Chris, aunque con la evidente intención de que ésta escuchara sus palabras.

—Soy Aries —susurró— y aspiro a conquistar a esta chica Acuario antes de la noche. ¿Cree que tengo alguna posibilidad?

—Desde luego... si os tomáis la tarde libre —dijo Rockie, apelando más a su sentido común que a sus conocimientos astrológicos.

—Ya lo has oído —dijo Roberto a Chris—, tienes la tarde libre.

LA MÚSICA SUAVE Y DULZONA se expandía por la pista de baile en donde media docena de parejas oscilaban lentamente, cada una según su propio ritmo interior. Una esfera de pequeños espejos giraba en el techo reflejando las tenues luces del salón. Al fondo, en la penumbra, otras parejas se apretujaban rodeando las diminutas mesas en donde discretos camareros depositaban silenciosamente las bebidas. En cada mesa, un pequeño candelabro con una vela de lánguida luz.

Chris se apretó contra Roberto, dejando que la lenta melodía dictara sus movimientos, pautando los roces y encuentros de los cuerpos, y el tenso ritmo de su respiración.

Envuelta en la cadencia de la música, sintió que los labios del muchacho se posaban sobre su mejilla y luego se deslizaban buscándole la boca. Volvió la cara a un lado y se apartó de su acompañante para mirarlo a los ojos.

—¿Cómo está Teresa? —preguntó en tono sibilino.

Roberto sonrió, muy tranquilo.

—Teresa no existe —musitó—. La inventé para ti.

Si puede existir una combinación de furia, esperanza y un íntimo alivio, eso fue lo que Chris sintió al oír aquellas palabras.

—¿Qué quieres decir con eso de que no existe?

—En realidad, es la novia de mi hermano mayor. La historia es real, pero no soy yo el protagonista. José y Teresa son novios desde niños y quieren casarse dentro de dos años; él está ahorrando para comprar una casita en

San Juan. Yo, hasta ahora, nunca me había enamorado de nadie.

Chris deseaba con toda el alma creer aquella explicación, y besar de una vez la boca cálida y dulce de Roberto García. Pero una lucecita de alarma se había encendido en su mente, con la vieja advertencia: «Cuidado, amiguita. Ya has sufrido demasiado».

—Me estás mintiendo otra vez —afirmó, prevenida.

—No. Ahora ya no tengo motivos para mentir.

—Y antes, ¿cuáles eran tus motivos para inventar la historia de Teresa?

Roberto la apretó contra él, y su mano le recorrió lentamente la espalda.

—Tú lo dijiste, Chris —musitó en su oído—. ¿No lo recuerdas? Nos sentíamos muy atraídos el uno por el otro, y debíamos tomarlo con calma. Yo necesitaba volver junto a Kruger, y tú arreglar las cosas con tu hermano. Necesitábamos unos días de tiempo, pero tú no lo habrías aceptado entonces si yo no llego a meter de por medio a la imaginaria Teresa. Ahora, las cosas están mucho más claras.

Chris se apartó nuevamente, aprovechando una breve pausa de la orquesta.

—Para ti, tal vez —gruñó—. Pero yo no puedo abrazarte y comprenderte al mismo tiempo. Es demasiado para mí. ¿Quieres acompañarme a la mesa?

Frente a su vaso de whisky, el muchacho sonrió con ojos pícaros.

—¿Qué te pareció mi escena en la lavandería? —se ufanó—. Averigüé que Rockie tenía debilidad por la astrología y compré un folleto sobre el tema en un quiosco de la plaza. Lo de los Marinos de Miami lo improvisé al ver allí un banderín de ese equipo.

—Eres un chico muy mañoso e hiciste una buena actuación —aprobó Chris—. Espero que no estés ahora representando el segundo acto.

El rostro de Roberto se ensombreció y sus dedos se crisparon sobre el vaso.

—Necesitaba volver con Kruger y llevar aquella cisterna hasta San Juan —dijo entre dientes—. No debiste entrometerte en eso. Quizá no lo comprendas, pero era algo que yo *tenía* que hacer.

—Ya veo —suspiró Chris—. Los nobles e insoslayables compromisos de una amistad varonil.

—Llámalo como quieras —murmuró Roberto. Sus ojos briilaban bajo la tenue luz de la vela—. Ahora todo eso ya terminó.

—Yo también he tenido amigas del alma —dijo ella, comprensiva—, y sé que no es fácil olvidar esa clase de sentimientos. No tienes que hacerlo por mí.

—No se trata de eso —aclaró el muchacho con voz ahogada—. Hans se puso peor al llegar a San Juan; tuvo una crisis muy grave.

—Lo siento de veras —musitó Chris.

—Hicimos una colecta entre todos los empleados de Hartmann y lo pusimos en un avión, rumbo a Filadelfia. Espero que aquel cirujano que te mencioné pueda hacer algo por él.

El chico parecía realmente consternado, y Chris sintió un ramalazo de genuina piedad, aparte de los otros sentimientos que se agitaban dentro de ella.

—Yo también lo espero —dijo en tono sincero—. Pero me alegro por ti. Supongo que ya no necesitarás seguir viajando en ese horrible camión cisterna.

—¡Lo he dejado! —exclamó Roberto alegremente, dando una palmada sobre la mesa—. Nadie es tan valeroso ni tan inconsciente como para hacer esa clase de trabajo sin que se le destrocen los nervios. Y yo no quería terminar como Hans Kruger.

—¿Lo dices en serio?

El muchacho, en un gesto impulsivo, le tomó el rostro entre sus manos, inclinándose sobre la mesa.

—Hoy he hecho mi primer viaje con otra carga: corderos —declaró, feliz—. Son más ruidosos, pero los prefiero a la silenciosa cisterna recalentándose al sol. He sentado cabeza —agregó en un susurro—, y en parte te lo debo a ti.

Chris sintió ganas de llorar y de reír, y optó por lo último. Primero fue una risa nerviosa y después una abierta carcajada, alegre y sin trabas, que la hizo echarse hacia atrás en la silla, sin importarle los comentarios y las miradas de los parroquianos de las mesas vecinas.

—Cálmate, cariño —pidió Roberto—. Estamos llamando la atención.

Chris apenas podía creerlo, pero la orquesta estaba tocando *Dama sofisticada* imitando el estilo de Tommy Dorsey. La vida era un círculo de penas y alegrías que había que atrapar al paso. Lo único permanente eran fragmentos de recuerdos y alguna vieja melodía.

—Ven —dijo con lágrimas en los ojos—, vamos a bailar.

Se hundió entre los brazos de Roberto, y esta vez no fue necesario que él buscara su boca. Se besaron con una avidez antigua, dejando que los labios se reconocieran mutuamente, sin prisas, y luego se fundieran en gesto interminable de tibio y húmedo placer que era, en aquel instante, la única cosa viva que existía sobre el mundo.

CHRIS SE QUITÓ LA ROPA con gestos morosos junto a la ventana de cortinillas color naranja. Roberto la contemplaba tumbado en la cama de madera oscura que había pertenecido a la hija casada de Dolores Pacheco. Cuando Chris se acercó, él apartó las sábanas y la recibió a su lado con un abrazo tímido y tierno a la vez. Ambos estaban totalmente desnudos, y los cuerpos se fueron acoplando lentamente, en silencio, con una innata sabiduría de gestos y suaves movimientos. Hasta que fueron un único y hermoso animal, joven, gozoso, amándose a sí mismo en medio de la noche.

LA LUZ LECHOSA DEL amanecer asomó en los bordes de la ventana, mitigando apenas la penumbra. Chris sentía sobre su cuello la respiración pausada de Roberto y el cosquilleo de sus rizos junto a la oreja. Estiró su cuerpo bajo las sábanas, con una agradable sensación de plenitud. Luego se separó del chico dormido, cuidando de no despertarlo. Apoyó tiernamente su cabeza en la almohada y le besó levemente los párpados cerrados. Después saltó de la cama y comenzó a vestirse. Pese a su esfuerzo, no consiguió recordar imágenes de la noche anterior, como si su mente se negara a inmiscuirse en la sinfonía de sentimientos y sensaciones que aún vibraban a lo largo de su cuerpo. Cualquiera que fuera el destino que le reservara el futuro, pensó, nunca se arrepentiría de aquella noche. Abrió la ventana, sintiéndose libre y feliz como una niña que acabara de descubrir el mundo. Abajo, en la calle, la ciudad quieta se iba encendiendo de sol.

Roberto, semidormido, emitió un ronroneo placentero y se arrebujó entre las sábanas. Luego parpadeó, intentando vislumbrar la imagen de Chris en la ventana.

—¿Qué haces? —preguntó con voz soñolienta—. Apenas amanece.

—Me marcho —dijo ella—. Debo llegar a casa antes de que Tom se levante.

El muchacho hizo un esfuerzo para salir de la bruma de sueño que aún lo envolvía, incorporándose a medias en la cama.

—Espera un momento —pidió—, te acompañaré.

Chris se acercó a él y lo besó en los labios.

—Tú quedate aquí y descansa, debes salir con tu camión dentro de dos horas —le ordenó con tierna severidad.

Roberto intentó protestar, pero ella le cerró la boca con la suya. Se besaron largamente, y luego Chris se apartó.

—Te amo —murmuró él.

—Lo sé, pero no lo digas. Trae mala suerte.

—¿Podré verte el miércoles?

La chica se volvió, ya en el vano de la puerta.

—Siempre que tú quieras —prometió dulcemente—. Búscame en la lavandería de Rockie.

—Allí estaré —aseguró Roberto con un afectuoso guiño de complicidad.

161

Bajó las escaleras reteniendo en las pupilas el rostro soñoliento y bello del muchacho, iluminado por aquel gesto de despedida. Todo era tan hermoso y tan frágil, que sintió deseos de gritar. Cruzó la calle que llevaba al puerto, mirando a un lado y a otro en busca de un taxi. Pero la ciudad aún dormía. El sol asomaba en la lejana línea del horizonte, detrás del mar, y su luz rosácea teñía la superficie de las aguas quietas y recortaba las siluetas de los barcos con sombras violetas. Los mástiles y las chimeneas se dibujaban contra el cielo broncíneo, como un bosque agorero. Chris apretó el paso.

«Sólo unas semanas —se dijo—. Sólo aspiro a unas pocas semanas de felicidad. Después estaría dispuesta a afrontar mi destino. ¿Es demasiado pedir una pausa de amor, y de paz?»

Entonces vio al hombre que la seguía. Tan sólo una sombra corpulenta, con el sombrero echado sobre la cara, que procuraba ocultarse tras el saliente de un zaguán.

17

CHRIS CORRIÓ HACIA LOS muelles atravesando la amplia explanada desierta, sin volverse para mirar atrás. Si lograra ocultarse en uno de los depósitos de mercancías, quizá consiguiera despistar a su perseguidor. Saltando sobre las vías muertas, lanzó una fugaz mirada hacia la calle. El hombre había cruzado también la explanada y avanzaba hacia ella, apurando el paso. Quizá fuera uno de los esbirros de Larsen, sin duda el mismo que había seguido a Tom e intentado sonsacar a Dolores sobre su paradero.

Utilizando todas sus fuerzas, la chica movió la pesada puerta corrediza sobre el riel herrumbroso. Se deslizó por la estrecha abertura, de apenas unos centímetros, dentro de la penumbra del almacén. Un fuerte olor a melaza y a moho le golpeó la nariz. Innumerables sacos de azúcar se apilaban en el interior del depósito formando grandes moles que casi rozaban el techo. Entre una y otra pila corrían estrechos pasadizos sin rumbo que dibujaban una especie de antojadizo laberinto. Chris se internó por uno de aquellos corredores sin ocuparse siquiera de volver a cerrar el portalón. La luz que entraba por la abertura dibujaba un rectángulo sobre el suelo de cemento. La muchacha trepó a una pila de sacos, que crujieron como arena bajo su peso, y se agazapó allí.

No tuvo que esperar demasiado. Poco después, la sombra del hombre se recortó claramente en el rectángulo de luz, sobre el suelo. Después, se oyó el rechinar de la puerta, ya que el perseguidor no cabía por la angosta hendedura que había dado paso a Chris. El hombre entró con pasos largos y silenciosos, mirando a uno y otro lado, y encendió una linterna. Desde arriba, sólo se veía su sombrero de gángster de película y sus anchos hombros. Sigilosamente, Chris agarró uno de los sacos y lo empujó hasta el borde de la pila. Había advertido que, cualquiera que fuera la razón que tuviera la pandilla de Larsen para perseguirla, no parecían dispuestos a permitirle explicarse. De modo que estaba decidida a defenderse con los mismos medios. Un saco de cincuenta kilos de azúcar, arrojado desde dos metros de altura, podía ser un arma temible. Mortal, tal vez.

Lamentaba tener que hacerlo, pero no le dejaban muchas alternativas. Ella no los había denunciado, ni había dicho una palabra a la policía sobre las joyas robadas y la máscara de Ichita. Deberían haberlo comprobado, y dejarla en paz. Y en aquel momento de su vida, aquello no era sólo una frase. Había encontrado, por fin, algo que se parecía a la paz y a la serenidad. Su vida en casa de su hermano, que Tom iba aceptando a regañadientes, la generosa actitud de Janie y el inocente afecto de sus sobrinos, el trabajo sencillo y familiar en la lavandería de Rockie... ¿Que cuánto podía durar esa milagrosa felicidad? Bien, quizá no mucho más que el intenso amor descubierto junto a Roberto. Días, semanas, meses..., lo que fuera. Pero no sería aquel gorila silencioso quien le pondría fin, mientras ella pudiera evitarlo.

El hombre escudriñaba con la linterna, siguiendo un proceso metódico, los recovecos sombríos que formaban las pilas de sacos. Pero no era tonto. Permanecía a unos dos metros de la puerta entreabierta, de forma que pudiera controlar cualquier intento de evasión y, al tiempo, protegerse de un eventual ataque que surgiera de las sombras de los pasadizos.

Chris hurgó en sus bolsillos hasta encontrar una caja de cerillas, la cual arrojó hacia atrás procurando que cayera al suelo rebotando en los sacos. El leve entrechocar de los fósforos en su caída fue una especie de súbito escándalo en el tenso silencio del galpón. El hombre se giró bruscamente, encogiendo el cuerpo sobre sus rodillas e inclinándose hacia delante, al acecho. Dirigió la luz hacia el sector donde había caído la cajita y dio dos pasos prudentes en esa dirección. Con lo cual quedó exactamente debajo de Chris y en la perpendicular del saco que aguantaba entre los brazos. Cerró los ojos y empujó.

El saco cayó sobre el hombre, que por un instante se mantuvo erguido soportando su peso sobre los hombros, derrumbándose luego sobre el suelo sin un quejido. El sombrero había saltado por el aire al recibir el impacto. La linterna, que el hombre había soltado al caer, oscilaba junto a su cuerpo, iluminando las toscas facciones exánimes del sargento Ray, de la Policía de Puerto Rico.

Al conocer a su víctima, Chris sintió una sensación de terror y desolación que le encogía el estómago. Los diversos hampones y delincuentes que había conocido en su corta vida siempre habían coincidido en una cosa: en este mundo se puede salir bien librado de casi todo, menos de cargarse a un policía. Si eso era lo que ella acababa de hacer, sería mejor que se olvidara de cualquier fantasía de paz y libertad durante los próximos cincuenta años.

Chris abandonó su refugio y saltó al suelo. Durante unos segundos, rondó en torno al cuerpo yacente del sargento Ray, sin atinar siquiera a echar a correr. Entonces el hombre abrió un ojo, y luego el otro.

—Ha ido demasiado lejos, señorita Parker —protestó, aún semiinconsciente—. Sólo quería hablar con usted...

La chica se inclinó sobre el policía derrumbado.

—Oh, sargento... ¿Se ha hecho mucho daño? —preguntó, entre aliviada y ansiosa—. ¿Puedo hacer algo por usted?

—Ya ha hecho bastante —gruñó el hombre—. Pero puede ayudarme si me quita este maldito saco de encima...

Con ayuda de Chris, el sargento Ray consiguió ponerse de pie, aún medio mareado por el impacto. Meticulosamente, se palpó el cuello y los hombros. Luego recogió su sombrero y se lo encasquetó en la cabeza.

—Ambos tuvimos suerte de que ese saco no me diera de lleno en el cráneo —murmuró—. ¿Le han dicho ya que es una muchacha muy decidida?

—Sí —reconoció Chris, tímidamente—, me lo han dicho varias veces.

—Demasiado decidida, diría yo —agregó el sargento—. Terminará metiéndose en líos.

—No podía saber que se trataba de usted... —se defendió la chica.

—Pero podía haber preguntado —refunfuñó él—. He estado buscándola para protegerla hasta que llegara el teniente Urquijo.

—¿El teniente Urquijo? —repitió Chris, estupefacta.

El sargento Ray sonrió con toda su boca.

—Así es —confirmó—. Nos espera en la jefatura de Ponce. Si quiere usted acompañarme...

Chris tuvo un gesto de vacilación. Sus ojos buscaron la puerta, como estimando las posibilidades de una repentina huida.

—No diremos nada de los sacos de azúcar —aseguró el sargento, con un guiño.

Y por las dudas, su poderosa mano rodeó el brazo de la chica.

EL TENIENTE URQUIJO TOMABA café en uno de los despachos del vetusto edificio de la jefatura de policía de Ponce. Sólo sus ojillos inquisidores parecían mantenerse despiertos en su rostro escueto, marcado por la fatiga. Había recibido a Chris con su reticente caballerosidad hispánica y ahora le explicaba, cuidadosamente, lo ocurrido desde que ambos se conocieran en un hotel de San Juan.

—Sabíamos que el viaje de Ted Konia debía tener alguna relación con el robo de joyas y que posiblemente usted, señorita Parker, era su cómplice. Por eso la dejamos en libertad, y luego hicimos correr la falsa noticia de la muerte de ese joven.

—¿Quiere decir que Ted está vivo? —saltó la chica.

—Tan vivo como usted y yo —suspiró el policía—. En realidad, debo decir que su recuperación fue sorprendente. Pero no pudimos obtener una sola palabra de él. De modo que lo enviamos bien custodiado al continente, donde se le reclamaba por otros... desclices. Si la justicia funciona, es posible que a estas horas esté preso.

—No sabe cuánto me alegro... —suspiró Chris.

—¿De que esté en la cárcel?

—No, de que esté vivo. No debió usted hacerme esa mala pasada.

El teniente Urquijo unió las puntas de sus dedos sobre el escritorio, y carraspeó.

—Deberá usted disculparme por esa pequeña treta. Pensé que creyendo que Konia había muerto sin hablar, los ladrones se moverían con mayor libertad... Y, si he de serle sincero, que lo mismo ocurriría con usted.

—¿Conmigo?

—Sospechábamos que usted era la encargada de traer la máscara de Ichita a Ponce, y de contactar con un nuevo reducidor, ante la repentina muerte del señor Landley.

—¡Eso no es cierto! —estalló Chris—. ¡Sólo vine a Ponce para encontrar a mi hermano!

—Lo sabemos —asintió Urquijo con pesar—, gracias al buen trabajo de mi colaborador, el sargento Ray. Seguimos una pista falsa y hemos perdido el hilo de la investigación. Por eso quería hablar con usted.

—No veo cómo podría ayudarle —dijo Chris, procurando utilizar un tono convincente.

El pequeño policía se inclinó hacia delante sobre la mesa. Los rasgos de fatiga habían desaparecido de su rostro como por arte de magia.

—Diciéndome con *quién* se entrevistaron Konia y usted

al llegar a Puerto Rico —dijo en un susurro—. Puedo asegurarle que eso no la comprometerá.

La muchacha se alzó de hombros.

—Si se lo dijera, usted no me creería —se evadió.

—Sabemos que se trata de un personaje importante
—declaró el teniente—. Y puedo asegurarle que sea quien
sea...

—¿Aunque fuera Larsen, por ejemplo? —Había un dejo
de ironía en la pregunta de Chris.

El hombrecillo palideció. Sus ojos oscuros se entrece-
rraron y su mentón se lanzó hacia delante, como el de un
perro de presa.

—¿Larsen? ¿Se refiere usted al propietario del Café Márquez?

—Sí —dijo Chris—. Él es el jefe de toda la pandilla.
Ted y yo estuvimos en el despacho que tiene Larsen en el
café. Yo pude escapar de milagro, pero Ted quedó allí re-
tenido.

—No es posible... —resopló el policía—. El señor Larsen es...

—¿Un hombre muy importante?

—Algo más que eso. —Se puso de pie y se dirigió hacia
la ventana, que daba a la parte trasera del edificio contiguo.
Urquijo contempló los muros grises como si fueran un espectáculo fascinante—. En realidad Larsen es prácticamente intocable —dijo como para sí—. Está muy bien relacio-
nado con los ambientes financieros y políticos de San Juan...

—Un pez gordo, ¿eh? —se regocijó Chris.

—Quizá demasiado gordo para mis modestas redes —se
lamentó el policía—. Es posible que cuente con la complicidad y la protección de personalidades muy poderosas.
Y si tiramos de la punta del hilo...

—Ése es su problema, teniente —canturreó la chica—.
Fue usted quien me hizo la pregunta.

Urquijo se aproximó a ella y la miró fijamente. Tenía
los labios apretados, y daba la impresión de que una sorda
lucha se libraba en su interior.

—¿Estaría dispuesta a prestar testimonio en contra de Larsen?

Chris parpadeó y se frotó la nariz.

—No —dijo—. Yo no hago ese tipo de cosas. Estaba en deuda con usted y le he dado la pista. Ahora siga su trabajo solo.

—¡Necesito por lo menos un testigo! —estalló el teniente.

—Pues no cuente conmigo. Acabo de olvidarlo todo.

—Ted Konia era amigo suyo —insistió Urquijo—. Piense que los hombres de Larsen estuvieron a punto de matarlo. Y si no me equivoco, también intentaron liquidarla a usted.

—No sé de qué me está hablando —declaró la chica con firmeza—. He venido a Puerto Rico a visitar a mi hermano y jamás oí hablar de esas personas. Eso es lo que diré ante cualquier tribunal.

El teniente Urquijo lanzó una especie de quejido de furor. Parsimoniosamente, regresó a su escritorio y tomó unos papeles.

—¿Incluso ante el Tribunal de Menores? —murmuró con voz cáustica.

Chris se quedó inmóvil. Una oleada de rabia impotente le arreboló las mejillas y sintió deseos de lanzarse sobre aquel diminuto representante de la ley que la estudiaba con su sonrisa malévola, después de haber jugado la carta de triunfo.

—¡Maldito bastardo traidor! —gruñó la chica entre dientes—. ¡Usted lo sabía! Lo supo desde el primer momento, y me dejó correr como una liebre en un canódromo... —Aspiró una gran bocanada de aire para contener las lágrimas que afloraban a sus ojos—. El juego ha terminado, teniente. ¡Ya puede enviarme de vuelta al reformatorio!

El hombre arqueó las cejas y golpeó con el papel en el borde de la mesa.

—Chris..., si acepta declarar contra Larsen, se anotará

un buen punto a su favor. Yo lo haría constar en mi informe al tribunal...

—¡Métase su jodido informe donde le quepa, Urquijo! —estalló la muchacha—. No pienso echarme encima a Larsen y toda su condenada banda de asesinos.

—Le ofreceré toda mi protección, Chris.

—¡Qué conmovedor! —se burló la chica—. ¿Y quién le protegerá a usted?

El teniente bajó los ojos y su actitud de acoso pareció desinflarse.

—Es una buena pregunta —musitó.

—Veo que nos entendemos, teniente —dijo Chris, sintiendo cierta conmiseración por aquel hombre que se sabía vencido de antemano en una batalla que igualmente estaba dispuesto a librar, por que ése era su deber.

—Así parece, señorita Parker. —Urquijo, incómodo, desvió la vista hacia el papel que sostenía entre sus manos—. Tengo aquí una orden de busca y captura librada a su nombre por el Departamento de Menores.

—Me lo figuraba. Ande, teniente, cumpla con su deber.

Urquijo dejó el papel sobre la mesa y cruzó las manos.

—¿No me guarda rencor?

La chica meneó la cabeza.

—Usted debe enviarme al reformatorio, aunque piense que es injusto; y yo no puedo declarar contra Larsen, aunque sé que sería justo. Es el problema de la alambrada...

—¿La alambrada...?

—Yo me entiendo —suspiró la muchacha, con una indefinible resignación—. ¿Querría hacerme un favor, señor Urquijo? Antes de enviarme de regreso al continente, permítame despedirme de mi hermano.

El policía inclinó la cabeza hacia un lado. Sus pequeños ojos negros reflejaban pena y hastío. Esbozó un comienzo de sonrisa que no completó, como si le doliera estirar los labios.

—Hay algo que quiero aclararle, Chris —dijo en voz muy baja—. Yo no conocía su situación desde el comienzo, como cree. Hace sólo dos días que sé que es una reclusa fugada del reformatorio. Alguien la denunció enviando una carta al Departamento de Menores.

Chris se puso de pie como una autómata, sin poder creer lo que oía.

—¿Alguien...? ¿Quién pudo hacer semejante...? —Su voz se cortó en un gemido.

Urquijo tomó otro papel de su mesa y lo tendió hacia Chris. Se trataba de una fotocopia. La mano del policía tembló ligeramente.

—La firma es de Thomas Lee Parker, su hermano —dijo, como si escupiera.

18

EL COCHE CELULAR RECORRÍA un paisaje que Chris conocía muy bien, la meseta pantanosa salpicada de arbustos leñosos y montecillos achaparrados que rodeaba las instalaciones de «El Pesebre». Así llamaban ella y sus compañeras al reformatorio para mujeres menores en el que había pasado los últimos años de su vida y que, mal que bien, era algo así como su segundo hogar. Ahora, dadas las recientes circunstancias, constituiría en realidad su único hogar, si es que a un sitio semejante puede dársele ese nombre.

Apartó la vista de la pequeña ventanilla enrejada y contempló a la matrona que la vigilaba sentada frente a ella. Era una mujer robusta de facciones caninas y gruesas piernas, que no formaba parte del personal de «El Pesebre» que Chris había conocido en su estancia anterior. Se hallaba enfrascada en la lectura de un folletín romántico y de vez en cuando emitía profundos suspiros juveniles, atrapada por las peripecias del relato. Hubiera sido fácil librarse de ella, pensó Chris, si el vehículo blindado ofreciera alguna posibilidad de fuga, cosa que, por cierto, no ocurría.

Esta vez sus guardianes se habían asegurado de que llegara a destino y era probable que una vez allí la mantuvieran bien guardada. Había logrado convertirse en algo así como una celebridad fugitiva dentro del Departamento de Menores, y nadie apostaría medio dólar a favor de su próxima oportunidad. Si algo estaba dispuesta a evitar toda aquella gente, era que «esa Parker» se les escapara de nuevo antes de terminar su condena.

Debía reconocer que su viejo conocido, el juez Turner, se había mostrado benévolo. Dos años más en el reformatorio y luego otros tantos de libertad vigilada, era una pena bastante suave si se tenían en cuenta sus antecedentes. Posiblemente, el teniente Urquijo había decidido enviar de todas formas su informe favorable; o quizás el juez ya sentía debilidad por ella, de tanto verla frente a su tribunal. Sea como fuere, Chris Parker había tomado una decisión: se comportaría aquellos dos años como una reclusa modelo, cumpliendo a rajatabla el reglamento y sin mezclarse en asuntos turbios. «Cuando se es joven, dos años pasan rápidos —pensó—. O por lo menos, finalmente pasan.» Y quizás ésa fuera la única forma de saltar, de una vez por todas, «al otro lado de la alambrada».

Mientras el coche celular recorría el último tramo hacia su destino, Chris dedicó un tierno recuerdo al adorable Roberto García, y una siniestra maldición a su condenado hermano Tom. Tal vez dentro de dos años ella regresara a Puerto Rico como una ciudadana libre y mayor de edad, y pudiese arreglar los asuntos pendientes con ambos caballeros.

Ensimismada en fantasías de amor y de venganza, reconoció la mole gris y familiar de «El Pesebre», rodeada por sus tétricas alambradas. Los mismos guardias de siempre, con sus anodinos uniformes de color pardusco, corrieron a abrir el portalón. El conductor tuvo que detener el vehículo unos momentos, a la espera de que saliera la furgoneta de la lavandería que prestaba sus servicios al reformatorio.